Fake

イケメン御曹司には別の顔がありました

ルネッタブックス

CONTENTS

Lunetta

序章

自分でも見たことがない場所に彼が触れている。しかも指で触れるだけでなく、唇で触れ、舌を這《は》わせている。

それがたまらなく恥ずかしいのに、舌先で花弁を開かれ、上部の尖《とが》りを転がされるうちに、下腹部の奥に経験したことのない感覚が生まれた。体の奥が熱く疼《うず》くような甘くもどかしい刺激だ。

そんな自分の体の変化に戸惑い、絵麻《えま》はすがるように手を伸ばした。彼の少し長めのダークブラウンの髪に触れ、自分の指先を絡ませる。

「……ど……しよ……」

「気持ちいい？」

熱を帯びてかすれた声で問われて、絵麻は素直に頷《うなず》いた。

「……ん……」

彼の舌の動きに翻弄され、絵麻の表情がとろけるように和らいだとき、ぷっくり膨らんだ花芽に彼がしゃぶりついた。

「あぁっ」

さっきよりずっと激しい刺激に絵麻の腰が跳ねた。体の奥で熱が生まれ、とろりと溢《あふ》れ出《だ》す。

今度はそれを舐《な》め取るように彼の舌が割れ目に押し当てられ、ぬるりと蜜口に侵入した。

「あ、や……んんっ」

舌で愛撫《あいぶ》するように艶《なま》めかしい動きで中を撫《な》で回され、体の奥の熱が次第に高まっていく。

「すごいな。どんどん溢れてくる」

笑みを含んだ彼の声が聞こえたかと思うと、溢れ出る蜜を音を立てて吸い上げられた。

「ひあっ」

その刺激だけでもどうにかなりそうなのに、今度は蜜をまとわせた指先が割れ目に押し当てられ、痙攣《けいれん》して締まるそこにつぷりと差し込まれた。

「ふっ……ああぁっ」

舌よりも存在感のある指先が浅いところを撫でさする。少しずつ奥へと侵入する指に襞《ひだ》をこすられ、そのしなやかな動きに応えるように蜜口が彼の指を締めつけた。そのせいで彼の指の形を余計に強く感じてしまい、抑えようとしても絵麻の体が淫らに震えてしまう。

「やだ……なんか……おかしくなりそうで……怖い」

「変わりたいんだろ？　大丈夫だから、怖がらないで素直に感じて」

彼の甘い囁《ささや》き声に、残っていた理性が溶かされていく。

花芽を舐めしゃぶられると同時に、体の中心を甘く掻《か》き乱《みだ》され、絵麻は身をよじらせた。与えられる二重の淫らな刺激に、なすすべもなく体温が上がっていく。お腹《なか》の奥底からなにかがせり上がってきて、絵麻は悲鳴のような嬌声《きようせい》を上げる。

「や、ダメ……んっ、あ、あぁっ!」

背筋を電流が駆け抜け、頭まで貫かれたような衝撃に、たまらず彼の肩を掴《つか》んだ。止めようとしても体が勝手に震えて、自分が自分でなくなりそうだ。それなのに、彼は絵麻の腰を捕まえたまま快感を与え続け、最後の最後まで絵麻を追い詰めていく。

「ふ、あぁー……っ!」

ついには目の前が真っ白に染まり、頭の芯まで痺《しび》れた。なにも考えることができなくて、ひたすら荒い呼吸を繰り返す。

やがて呼吸が落ち着いた頃、絵麻は自分が彼の腕の中にいることに気づいた。初めての快感に打ち震える体を、いつの間にか彼が抱きしめてくれている。

(やっぱり、好き……どうしようもなく好き)

得も言われぬ多幸感で、体と心がじんわりと熱い。

絵麻がぼんやりと見上げたら、少し心配そうに見えた彼の顔が柔らかく微笑《ほほえ》んだ。

「すごくきれいだ」

彼は絵麻の髪をゆっくりと優しく撫でた。そうして髪にキスを落としたあと、絵麻をそっと胸に抱き寄せる。

快感に溶かされほてった肌に、服越しに大好きな人の肌を感じて、絵麻は胸が焦げるようなもどかしさを覚えた。

これで終わりではない、ということは絵麻にもわかる。こういう状況になったとき、ねだるべきなのか、甘えるべきなのか。

絵麻は彼の胸に包まれたまま、上目で彼を見た。

「最後まで……教えて？」

精いっぱいの想《おも》いを乗せたその声は、自分でも驚くほど甘く、〝女〟の色を帯びていた——。

第一章　〝大人の魅力〟がわかりません

「絵麻はさぁ、これのどこから〝誘う大人の魅力〟が醸《かも》し出されると思うわけ？」

社長デスクの向こうで、福田真梨香《ふくだまりか》は顔をしかめ、持っていたペンタブレットを絵麻に向けた。その画面には、絵麻が描いたランジェリーのデザイン画が表示されている。

真梨香は春らしい桜色のネイルに華やかなパールとストーンが施された爪で、デスクをコツコツと叩《たた》いた。落ち着いたブラウンの髪は大きなカールがグラマラスなロングヘアで、顔立ちは彫りが深く、ぽってりとした艶のある唇は、同性の絵麻から見てもセクシーだ。ウエスト部分で白から黒へとカラーを切り替えたシックなワンピースがよく似合う真梨香社長。正確な年齢は不詳だが、おそらく三十代後半で、美魔女という言葉は真梨香のためにあるようなものだ。そんな彼女は、十一年前、ここ大阪市阿倍野《あべの》区にインターネット販売を中心とする小規模ランジェリーメーカー・株式会社ピアチェーヴォレを起業し、現在は大阪府内の実店舗四つを含めて四十五人の従業員を束ねている。少々強引なところもあるけれど、自立していてかっこいい彼女は、絵麻の憧れの女性だ。

「え、と、あの、今までとは違う路線で……ということでしたので、レースを控えめにしたシンプルなデザインにしてみたんですけど……」

絵麻はデスクの前に立って答えながら、できるだけ体を小さくしようと背中を丸めた。一七四センチという長身のせいで、怒られているはずなのに社長を見下ろしていて、なんだか肩身が狭い。

真梨香はデスクに肘をついて顎を支え、目を細めて絵麻を見上げた。

「あなた、採用面接のときにピアチェーヴォレのランジェリーを愛用してるって言ってたわよね？」

「はい」

「あのときは訊《き》かなかったけど……どのシリーズを着けてるの？」

「……カリーナローザ・シリーズです」

絵麻の返答を聞いて、真梨香は絵麻をまっすぐに見た。

「カリーナローザ・シリーズのコンセプトは？」

絵麻は商品ページのキャッチコピーを思い出しながら答える。

「〝大人デビューブラ〟です」

「ターゲット層は？」

「ファーストブラ、セカンドブラを卒業する十代半ばから後半です」

「絵麻、あなたはいくつ？」

「二十七歳です」

「そうよね。それで、秋には二十八歳になるのよね？」

呆《あき》れ交じりの真梨香の言葉に、絵麻は素直に返事をする。

「はい、そうです」

真梨香が小さくため息をつき、絵麻は慌てて口を開く。

「で、でも、カリーナローザ・シリーズはとってもかわいいんです！　その〝かわいいバラ〟って名前と大人キュートってキャッチフレーズの通り、バラのモチーフはすごくキュートでステキだし、オーガニックコットンの着け心地もよくて手放せないんです」

「いや、まあ、それはそうだろうけども」

「それに……カリーナローザ・シリーズは見てても顔が赤くならないんです」

絵麻の言葉を聞いて、真梨香は首を傾《かし》げた。

「どういうこと？」

絵麻はもじもじしながら答える。

「ほかのランジェリーは……その、私には大人っぽすぎるというか、セクシーすぎるというか……どう考えても似合う気がしなくて……」

「……なるほど。そういう考え方だから、こんなひどいデザインになるわけか。スポーツブラかと思ったわよ」

真梨香はタブレットのデザイン画を人差し指でトンと示す。

「ス、スポーツブラ⁉　えぇぇ……」

絵麻は眉を下げた情けない顔になった。ピアチェーヴォレに就職して五年。ずっと総務を担当してきたが、真梨香に言われてこの四月にデザイン担当に異動になった。ピアチェーヴォレのおしゃれかわいいランジェリーが大好きなので、デザイン担当に抜擢《ばってき》されたことは素直に嬉《うれ》しかった。自分にできるんだろうかと不安とプレッシャーを感じながらも、がんばって一週間練りに練ったつもりだったが……まさかそんな評価を下されるなんて。

「そもそも今までとは違う路線でって言ったのは、あなたみたいな一見大人しそうな、まあ言い方を変えれば地味な女性が、実は脱いだら男性をその気にさせてしまうような大人の魅力あるランジェリーを着けてたってイメージで行きたいって意味なの。それが〝誘う大人の魅力〟ってコンセプトなのよ。あなたを総務から大人女性向けランジェリーのデザイン担当に抜擢したのは、そのためなの」

真梨香は再びデスクをコツコツと叩いた。少し考えて、思いついたように絵麻を見る。

「いくら絵麻でも、彼氏と会うときは気合いの入ったランジェリーを着けるわよね？　この際、他社ブランドを着けてても怒らないから、正直に答えなさい。彼氏はどんなランジェリーが好きなの？」

真梨香に訊かれて、絵麻は目を見開いた。

「えっ、か、彼氏ですか？　い、いません」

「今いなくても、過去には何人かいたでしょう？　歴代の彼氏の好みを教えなさいよ」

絵麻はもじもじしながら口を動かす。

「や、そのぅ、何人か、ではなくて……」

「えっ、まさか、十何人か、なの⁉　やだ、絵麻ったら大人しそうな顔してやるわねぇ。隅に置けないわ」

真梨香が口元に笑みを浮かべ、絵麻は顔を赤くして答える。

「あの、そうではなくて……ひ、一人もいません」

「え？」

真梨香が眉を寄せ、絵麻は消え入りそうな声を出す。

「その、過去に誰とも……付き合ったことはありません」

真梨香は目を丸くしてぽかんと口を開けた。鳩《はと》が豆鉄砲を食ったよう、とはこういう表情をいうのだろう。美魔女社長のそんな顔を見たのは初めてで、そのことが余計に彼女の驚きを表しているように思える。

「つまり絵麻はまだバージンってこと？」

真梨香がつぶやくように言った。絵麻は顔を真っ赤にしながら、オフィスにさっと視線を走らせる。パーティションで仕切られた広い本社オフィスには、社員が十七人いるが、みんなそれぞれ自分の仕事に集中しているようだ。真梨香との会話を聞かれた様子がないことにホッとしながら、絵麻は口の中でもごもごと答える。

「やっぱり……遅いですよね。それは自分でもわかってるんですけど……どうしようもなくて……」

絵麻が泣きそうな顔になり、真梨香は小さく咳払《せきばら》いをした。

「経験は少なそうだとは思ってたけど、ゼロだったのね……。うーん、やっぱり男性経験がまったくないと、男性を誘うようなセクシーなデザインは難しいのかなぁ」

真梨香は顎に手を当て、目を伏せた。考え込むような社長の姿を見て、絵麻はしゅんとなる。社長に求められているのは、絵麻が勇気を出さずに着けられるランジェリーではなく、〝誘う大人の魅力〟のあるランジェリーなのだ。

(このままじゃ……デザイン担当から外されてしまう……)

絵麻が不安になったとき、真梨香が顔を上げた。総務担当に戻って、と言われるものと覚悟する絵麻に、真梨香はポンと手を打って言う。

「よし、とりあえず色気を出そう。そのためには……イケメンを見るのがいいわよね。誘いたくなるようないい男を見たら、きっとフェロモンが出るはず。そうしたら、デザインにも自《おの》ずと誘う大人の魅力が出てくるはずよ。うん、我ながらグッドアイディア。なんていい思いつき」

「真梨香さん?」

絵麻の困惑顔を意に介さず、真梨香は満足そうに何度か頷くと、マウスを動かしてパソコンをシャットダウンした。

「絵麻、退社の準備をして」

「えっ」

真梨香はチェアからサッと立ち上がった。

「これからイケメンを見に行こう」

「どういうことですか？」

「今日はもう仕事はおしまい。今からは実地研修よ」

「実地研修って、あの」

急展開に戸惑ったままの絵麻に、真梨香は急《せ》かすように言う。

「だから、イケメンに会いに行くんだってば。早くしてちょうだい」

「あ、は、はい」

絵麻は社長デスクに放り出されたままのタブレットを取り上げた。パーティションを回って、四つのデスクが二つずつ向かい合わせに置かれたデザイン担当者のシマに戻った。向かい側の席にいる三十歳の女性に声をかける。

「すみません、社長と実地研修に行くので、お先に失礼します」

「わかった、お疲れ様。いいデザインのためになにか吸収しておいで」

「はい」

いったいどこに連れていかれるのかと思いながら、絵麻はタブレットの電源を落として、デスクの上を片づけた。

「絵麻、行くよ」

真梨香はすでにクラッチバッグを持ってオフィスのドアの前で待っている。

「は、はいっ」

絵麻はデスクの一番下の引き出しに入れていたバッグを取り出した。大急ぎで出入口に向かい、真梨香に続いてオフィスを出る。こぎれいな中層オフィスビルの五階の廊下を歩き、エレベーターホールに着いた。絵麻が下ボタンを押し、真梨香はゴージャスなブレスウォッチに視線を向ける。

「うん、六時半過ぎだから店は開いてるわね」

「店、ですか？」

「そう。私の行きつけの店なの」

そのときエレベーターが到着してドアが開き、絵麻は乗り込みながら考える。

実地研修ということは、考えられる行き先はランジェリーショップだろう。『行きつけの店』という言い方をするということは、ピアチェーヴォレの実店舗ではなさそうだ。なによりピアチェーヴォレの実店舗には女性スタッフしかいない。

(真梨香さんは『イケメンを見に行こう』って言ってた……。つまりイケメンの店員がいるラン

ジェリーショップってこと⁉)

胸がないのにこんなセクシーなランジェリーを着けるつもりなのか、とか、そんな地味な外見にこんなおしゃれなのが似合うわけないのに、とか思われないか。それが怖くて恥ずかしくてただでさえランジェリーショップに入りにくいのに、店員が男性だなんて。

(そんなショップ絶対に無理……)

情けない顔になる絵麻を置いて、真梨香は一階で開いたドアからさっさと降りる。

「絵麻、どうしたの?」

絵麻がついて来ていないのに気づいて、真梨香が振り返った。

社長自ら連れていってくれるのだ。それは絵麻に期待してくれているということ。

「……なんでもありません」

絵麻は覚悟を決めてエレベーターを降りた。四月上旬の薄暮れの中、ヒールの高いパンプスで颯爽《さっそう》と歩道を歩く真梨香を、絵麻は小走りになって追いかける。道行く人には、華やかな美貌の真梨香と、暗めの茶色のセミロングヘアを後頭部で一つにまとめ、白いブラウスにグレーのスーツを着た絵麻が、同じ会社の上司と部下という関係には見えないかもしれない。

ピアチェーヴォレが入るオフィスビルから、近鉄線やJR線の駅がある方向とは逆に歩くこと約十分。着いた先は商店街から少し離れた細い路地にある狭いビルだった。自分一人では絶対に来ないだろうビルの赤茶けたレンガ壁には、〝BAR　Citron Swing〟とおしゃれなフォントで書かれた看板がかかっている。

（バー・シトロンスイング……？）

ランジェリーショップではなかったのかと思ったとき、真梨香が壁にぽっかり開いたアーチ型の階段の入口を指差した。

「この二階よ」

真梨香が階段を上り始め、絵麻も社長に倣《なら》った。階段を上りきったところに、重厚なダークブラウンのドアがあった。真梨香がくすんだ金色の取っ手を押してドアを開け、絵麻は彼女に続いて中に入る。

店内は、古いイギリス映画に出てきそうなパブを彷彿《ほうふつ》とさせた。焦げ茶色の羽目板張りの壁をランプ型の照明が柔らかなオレンジ色に照らしている。手前にはハイチェアのテーブル席が八つあり、奥には十人座れるバーカウンター席があった。時間が早いせいか、客はテーブル席にカップルが二組いるだけだ。

「真梨香さん、いらっしゃいませ」

バーカウンターの向こうから落ち着いた声で迎えてくれたのは、白いシャツに黒のベストとスラックス、それに臙脂色《えんじいろ》のクロスタイを身に着けた二人の男性バーテンダーだった。一人は四十代後半で、さっぱりと短めにした黒髪に渋い魅力のある顔立ちをしていて、〝イケオジ〟という言葉がしっくりくる。

バーもバーテンダーもあまりに大人っぽく落ち着いた雰囲気なので、絵麻は後退《あとずさ》りしそうになった。だが、もう一人のバーテンダーを見て足が止まる。彼は一八五センチは超えていそうな長身で、絵麻と同い年くらいだった。髪は少し長めの落ち着いたブラウンで、無造作に整えられている。どこか甘さを感じさせる二重の目をした鼻筋の通ったイケメンだ。視線が合って、彼は少し目を見開いたが、すぐに形のいい口元に柔らかな笑みを浮かべた。バーテンダーの制服のせいか、ほんのりと大人の色気のようなものを感じる。

社長が言っていたイケメンとはこの二人のことだろう。

「ふふ、五日ぶりね」

真梨香は大人の魅力を振りまくようにゆったりと微笑んでカウンターに近づいた。

「今日はお友達もご一緒ですか？」

イケオジ・バーテンダーに柔和な笑顔を向けられ、絵麻は慌てて挨拶をする。

「あの、真梨香さんの部下の水谷《みずたに》絵麻と申します。よろしくお願いいたします！」

絵麻は勢いよく頭を下げた。真梨香がスツールに座ったのを見て、絵麻は緊張しながらスツールに腰を下ろし、バッグをカウンター下の棚に置いた。慣れない雰囲気にガチガチになっている自分だけが、場違いな気がしてならない。

「絵麻ってば、もしかしてバーに来るのも初めてなの？」

真梨香に訊かれて、絵麻は小さく頷く。

「はい」

「今どきの子ってみんなそうなの？　それとも絵麻が特別？」

「……わかりません」

それは本当だった。人付き合いはあまり得意ではなく、年に一、二回、誘われて会社の飲み会に参加する程度だ。

真梨香が意味ありげに笑って言う。

「じゃあ、絵麻はいろいろと新しいことを経験しないといけないわね。私が奢《おご》ってあげるから、なんでも好きなものを頼みなさい」

「ありがとうございます」

イケオジが真梨香と絵麻に微笑みかける。

「なにをお作りしましょうか？」

絵麻はカウンター上に小さなメニュー表を見つけた。それを取ろうと手を伸ばしたとき、真梨香が答える。

「私はセックス・オン・ザ・ビーチを」

真梨香の言葉を聞いて、絵麻は目を剥《む》いた。

（セッ……って！　真梨香さんってば人前でなんてことを言うの!?）

絵麻の驚愕《きょうがく》の表情を見て、真梨香はクスクス笑いながら言う。

「ウォッカベースのカクテルの名前よ。メロンリキュールやパイナップルジュースを使ってて、とてもおいしいの」

「え、あ、カクテルの名前、ですか……」

さっきの反応で、きっと真梨香は絵麻がなにを考えたのか気づいただろう。絵麻は顔が熱くなるのを感じながら、メニューを見た。よくわからないカタカナのカクテルの名前がずらりと並んでいる。絵麻がどれにしようか悩んでいる横で、真梨香はメニュー表をチラリとも見ず、フードメニューを次々に注文し始める。

(どうしよう)

絵麻はカクテルメニューに、居酒屋で飲んだことのあるドリンクの名前をいくつか見つけた。そのうちのどれかを頼もうとして、ふと考える。

(ここで安全な選択肢を選んだら、いつもと同じだ。真梨香さんにも『新しいことを経験しないといけない』って言われてるのに)

絵麻は意を決して顔を上げた。イケオジではなく長身のイケメン・バーテンダーが、絵麻の視線を捉えて微笑む。

「いかがいたしましょう?」

絵麻は大きく息を吸って言葉を発する。

「あの、エックス・ワイ・ジィをお願いします」

「かしこまりました」

バーテンダーの笑顔が大きくなった。絵麻が見ていると、彼はまずカクテルグラスを冷やすために、グラスに氷を入れた。次にシェーカーをカウンターに置き、背後の棚にたくさん並んだボトルから、ホワイトラムのボトルを取った。分量を量ってシェーカーに注ぎ、さらにホワイトキュラソー、レモンジュースも同様に注ぐ。そこに氷を入れて濾し器《ストレーナー》とキャップを被《かぶ》せると、シャカシャカと小気味いい音を立てながらシェークした。それを、氷を捨てたカクテルグラスに注ぐ。

その一連の無駄のない動作は、映画のワンシーンのようにかっこいい。思わず見惚《みと》れる絵麻の前に、彼はコースターを置き、透き通るような白色のカクテルで満たされたグラスをのせた。

「お待たせしました」

「ありがとうございます」

「じゃ、乾杯」

右側から真梨香がオレンジ色のカクテルが入った細長いグラスを差し出した。

「今日も一日お疲れ様」

「真梨香さんもお疲れ様です」

真梨香がグラスを軽く合わせて、カクテルに口をつけた。絵麻もつられてエックス・ワイ・ジィを一口飲む。ほんのりした甘味《あまみ》の中にレモンの爽やかな酸味が感じられ、さっぱりしていて飲みやすい。

「あ、おいしい」

絵麻が思わずつぶやくと、イケメン・バーテンダーが彼女に話しかける。

「カクテルの名前の由来はご存知ですか？」

絵麻はグラスを持ったまま首を左右に振った。

「いいえ」

「エックス・ワイ・ジィはアルファベットの最後の三つの文字ですよね。だから、〝最後のカクテル〟という意味なんです」

「最後のカクテル？」

「はい。〝後がない〟、つまりこれ以上おいしいものは作れない、ということなんです」

「へー、おもしろいですね。カクテルの名前って奥が深いんですね」

絵麻は感心して言った。イケメン・バーテンダーは絵麻をじぃっと見る。彼は絵麻が店に入ってきた直後も少し目を見開いていた。やはり不慣れ感が滲《にじ》み出ているからなのだろうか。

羨ましいくらいくっきりした二重の目に見つめられ、絵麻はドギマギしてつぶやくように尋ねる。

「あの、私、なにかおかしなことを言いましたか？」

「……いいえ」

彼が答えたとき、イケオジ・バーテンダーが絵麻と真梨香の前に生ハムとサラミの盛り合わせやスモークサーモンのサラダ、きのこのマリネ、ガーリックトーストなどを並べた。

「わぁ、すごくおいしそう。バーってお酒を飲むだけのところだと思ってました」

絵麻は思わず素直に感動を伝えたのだが、イケメン・バーテンダーにクスリと笑われた。絵麻は世間知らずなことを言ってしまったのかと恥ずかしくなり、スツールの上で背中を丸める。

「ふふ、この子、かわいいでしょう？　純粋培養されましたって感じよね。でも、仕事のために一皮剥《ひとかわむ》けてほしいと思ってるの。なにしろ、この子にこれからデザインしてほしいのは、〝誘う大人の魅力〟のあるランジェリーなんだから」

真梨香が絵麻の肩を軽くポンポンと叩いた。

「今まではどんなデザインをされていたんですか？」

イケメン・バーテンダーに視線を向けられ、絵麻は答える。

「今までは総務担当だったんです。この四月にデザイン担当に異動になったばかりで……」

絵麻に続けて真梨香が言う。

「今日、初めてのデザイン画を見せてもらったんだけど、ちょっとお子さま過ぎたのよね」

「お子さま、ですか？」

イケメン・バーテンダーが不思議そうに小さく首を傾げた。

「そうなの。最初見せてもらったとき、私、スポーツブラかと思ったんだから」

改めて言われて、絵麻は恥ずかしくてますます背中を丸くした。

「返す言葉がありません」

「一皮剥けていいデザインをするために、色気が出せるようになってほしいの。そのためにはやっぱり大人の女になれる恋愛体験が必要だと思うのよ」

「……それが難しいんですけど」

絵麻は小声でつぶやいた。真梨香はカウンターに肘をついて顎を支えながら、イケオジとイケメンを交互に見る。

「誘いたいって気持ちが芽生えるなら、本物の恋愛でなくてもいいと思ったのよ。だから、あなたたちを見たら、この子でもフェロモンが出るかなと考えたんだけど……観賞するだけじゃダメみたいね」

真梨香が残念そうに軽く首を振り、カウンターの向こうからイケオジが苦笑交じりの声で言う。

「私たちを観賞するより、合コンや街コンに参加されてみてはいかがでしょう？」

「そういうのはダメよ。今の絵麻じゃ、騙《だま》されていいように弄《もてあそ》ばれてポイされちゃう。ガツガツ来る男に用はないの。重要なのは絵麻が自分から誘いたくなることなんだから」

イケメン・バーテンダーが絵麻に尋ねる。

「どういう男性なら誘いたくなりますか？」

「どういうって……」

絵麻は返答に困って手元に視線を落とした。考えるフリをしてグラスを指でなぞったとき、キイッと小さくドアが開く音がして、二人のバーテンダーが「いらっしゃいませ」と言うのが聞こえた。絵麻がチラッと目線を上げると、イケメン・バーテンダーは出入口に目を向けている。彼の注意が来店客に向いたので、絵麻はホッとしてグラスに口をつけた。冷たいカクテルが喉を流れる。

（どういう男性なら、か……）

そんなこと、改めて考えたことはなかった。男性を選《よ》り好《ごの》みしたって、こんな自分が男性に好かれるはずなどないと思っていたから。

絵麻は子どもの頃から活発な方ではなかったが、中学二年生のときに身長が一七〇センチを超えてからは、背が高いことがコンプレックスになって、ますます引っ込み思案になった。男子に話しかけられてもうまく答えられないし、なにより話しかけてほしくないと思っていた。

そんな絵麻だったが、たった一人、心から好きになった人がいる。

絵麻はグラスをコースターに置いて、十一年前、高校二年のときの懐かしいクラスメートの顔を思い浮かべた。

絵麻は背は高いけれど運動神経は鈍く、バレーボールやバスケットボールなど、長身が有利なはずの体育の授業でも、活躍するどころかみんなの足を引っ張ってばかりだった。中学生の頃、授業中に後ろの席の男子から、『先生、水谷山《みずたにやま》がそびえているので黒板が見えませ～ん』などといじられたこともある。そんなことが続いて、すっかり猫背が板についていた高校二年生の絵麻に、彼はとてもまぶしく見えた。

城本《じょうもと》という名字からジョーと呼ばれていた彼は、髪が短くよく日焼けしていた。口数が少なく、誰かとあまり群れたりしないクールな印象だった。絵麻より十センチ以上背が低かったが、所属していたサッカー部で二年生ながらレギュラーを務めていた。スピードを生かして果敢に敵陣に攻め込むプレーがかっこよくて、女子にファンが多かった。

秋のある日、掃除当番だった絵麻は、二階の教室前の廊下をホウキで掃いていた。運動場の方からガンッと鈍い音が聞こえて、開いた窓から外を覗《のぞ》くと、サッカー部の練習着姿の城本がシュートの練習をしている。わざとゴールポストの角《かど》を狙っているらしく、彼の放ったシュートは正確にゴールポストの角を叩いた。

「わぁ……」

すごい、とつぶやいたとき、左側から「きゃあっ」と女子の黄色い声が上がった。顔を向けると、同じようにホウキを持った三人のクラスメートが、城本を見て騒いでいる。

「やっぱりかっこいいよねーっ」

「ほんと。あれでもっと背が高かったら完璧なのに。せめてあと十センチは伸びてほしいなぁ」

三人のうちの一人、学年で一番かわいいと評判の楠本《くすもと》沙良《さら》が言った。

「えーっ、でも、沙良なら大丈夫、お似合いだよ。ジョーくんより五センチも背が低いでしょ？

ジョーくんだってこれからまだ伸びるだろうし」

沙良と仲のいい女子が言い、沙良はまんざらでもなさそうな顔で笑う。

「だよね。自分でも思うけど、ジョーくんには水谷さんよりも私の方が断然お似合いだよねぇ」

突然、沙良に名前を出されて絵麻は驚いた。目が合った沙良が廊下をずんずん歩いてきて、クイッと顎を持ち上げ絵麻を睨《にら》む。

「ねえ、さっきジョーくんを見てたよね？　図々しくない？」

「え？　ただすごいなって見てただけだよ」

「嘘《うそ》。熱心に見つめてたじゃない。ジョーくんのこと、好きなんでしょ？」

沙良の剣幕《けんまく》に押されながらも、絵麻は小声で否定する。

「別に好きとかそこまでは思ってないよ」

「ああ、そう、そうだよね。あなたなんかが彼を好きになったってムダだもんね」

「ムダって、だから私は」

ジョーくんを好きなわけじゃない、と言おうとした絵麻の顎先に、沙良がホウキの柄の先を突きつけた。絵麻は驚いて一歩下がる。

「今日の体育の授業もひどかったよねぇ。百メートル走。ドタバタ走っちゃって、みっともないったら。体が重いの？　貧相な胸なのに。あ、そっかぁ、お尻が重いのかぁ。そりゃあんな走り方にもなるよねぇ。ほんと恥ずかしくて見てられなかったよ。あんなんでよく体育の授業に出られるよねぇ」

沙良に嘲《あざけ》るように言われて、絵麻はどうしていいかわからずうつむいた。

「水谷さんなんか、ジョーくんの眼中に入るわけないんだからね。あなたみたいに背が高いだけでなんの役にも立たない。そんな人のことをウドの大木って言うんだよ。う・ど・の・た・い・ぼ・く」

沙良は強調するように一音一音ゆっくりと発音してから、きゃははと笑い声を上げた。残りの二人も同じように笑う。

「沙良ってばうまいこと言うね」

「的を射すぎ〜」

「さっさとどいて、ウドの大木さん。目障りだよ、邪魔」

沙良はホウキの柄で絵麻の肩を小突いた。絵麻はよろけて廊下の壁に背中をつく。

「さーて、私はジョーくんにスポーツドリンクの差し入れにでも行こうかな〜」

沙良が言いながら絵麻の前を通り、残りの二人も続く。

「あー、それがいいよ。いくらクールなジョーくんでも、沙良からなら絶対喜ぶって！」

「沙良から差し入れもらって惚《ほ》れない男子なんていないよー、悔しいけど！」

「ええー、そうかなぁ？」

「そうだよー。もう、沙良ってば謙遜しちゃってぇ」

三人はそんなことを言い合いながらホウキを片づけた。教室に入って鞄《かばん》を手に持ち、階段へと向かう。

本当に彼に差し入れに行くのだろう。

絵麻はのろのろとホウキを掃除道具入れに片づけた。トボトボと教室に入って、窓際の一番後ろにある自分の席に近づく。鞄を肩にかけようとして、ふと手を止めた。今校舎を出れば、沙良たちの目に留まってしまうだろう。これ以上、傷つく言葉を投げつけられたくない。

絵麻は椅子を引き出して腰を下ろした。

(……せめてもう五センチ背が低くて、もっと目立たなかったら……楠本さんにあんな言われ方しないいんだろうな……)

ウドの大木、と嘲った沙良の声が耳に蘇《よみがえ》り、絵麻は両手で耳を塞いだ。風が吹いて教室のカーテンがふわりと広がり、絵麻は椅子に座ったままカーテンと開いた窓の間に身を隠す。

見下ろした窓の外には広い花壇があり、ピンクや白のコスモスがたくさん咲いているが、人の姿はない。

絵麻はカーテンの陰に隠れたまま机に突っ伏した。

バカにされたことが悲しい。言い返せなかったことが悔しい。

しんとした教室でこんなふうに隠れていると惨《みじ》めさが募り、目に涙が盛り上がった。

すん、と鼻を鳴らしたとき、カーテンの外から「水谷?」と名前を呼ばれた。それが城本の声に聞こえて、絵麻は体を固くする。

「どうかした？」

（やっぱりジョーくんだ……）

声をかけられたことに驚きながらも、急いで手の甲で涙を拭った。

「な、なんでもない」

小声で返事をしたが、城本には聞こえなかったらしい。カーテンがふわりと持ち上がったかと思うと、城本の顔が覗いた。さっきボールを蹴っていたときと同じ、サッカー部の練習着姿だ。

「体調悪いのか？」

目が合って、絵麻はサッと顔を伏せた。いつもの通りぶっきらぼうな口調だったが、心配して訊いてくれているのはわかる。けれど、絵麻は泣き顔を見られたことが恥ずかしくて、うつむいたまま背中を丸めた。

「う、ううん。なんでもない。大丈夫」

城本は「ふーん」とつぶやき、カーテンの中に入ると、絵麻の前の椅子に後ろ向きに座った。

「……『なんでもない』って言うやつは、だいたいなにかあるんだよな」

城本は独り言のように言って、窓枠に肘をつき、顎を支えた。

「お前さー、なんでいつもそんなに猫背なんだ？」

絵麻は肩がピクリと震えた。

「今だって背中を丸めてる」

城本に言われて、絵麻は心の中でつぶやく。

（目立ちたくないから……小さく見せたいからだよ……）

「俺はお前に話しかけてるんだぞ」

城本は口調を強め、絵麻の顔を下から覗《のぞ》き込んだ。絵麻は驚いて反射的に顔を上げる。

「話してる相手の顔を見ろよな」

「ご、ごめん」

謝ったものの、彼の顔をまっすぐ見ることができず、絵麻は視線を落として答える。

「あの……その……やっぱり目立っちゃうから、それが恥ずかしくて……かっこ悪いのが……嫌で……」

城本は目線を窓の外に転じた。そうしてしばらく外を眺める。カーテンの中は静まりかえっていて、運動場の方から男子生徒の歓声が聞こえてきた。

城本は絵麻に顔を向ける。

「水谷は、高二だけどお前より背の低い男子がいたら、そいつのことを恥ずかしいやつだな、かっこ悪いやつだなって思うのか？」

絵麻はハッとして城本を見た。絵麻より背の低い男子は何人もいるが、城本の問いは彼のことを言っているように聞こえて、絵麻は慌てて否定する。

「そんなこと思うわけないよ！」

思わず大きな声が出て、城本は驚いたように目を見開いたが、すぐに目元を緩めた。

「じゃあ、お前だって恥ずかしくない。かっこ悪くない」

いかにもスポーツ少年、といった精悍《せいかん》な顔立ちの彼が、今は目に柔らかな笑みを浮かべている。

胸が温かくなるようなその眼差《まなざ》しに、絵麻の鼓動がトクンと鳴った。

（ジョーくんって本当はこんなに優しい目をしてるんだ……）

絵麻がそう思ったとき、城本は椅子から立ち上がって窓枠に腰を乗せた。

「俺は背が低くて体が小さいから、ゴールを守って敵の選手と張り合うのは苦手だ。だから、逆に体格とスピードを生かして、敵陣に攻めていく。小さくたってできることはある。人にはいろんな面があるのに、身長だけで人間を判断しようとするやつこそ、自分を恥じるべきだ」

そう言って、城本はニッと笑った。その不敵にも見える笑顔に、絵麻の心臓はさっきよりも大きく跳ねた。

「そんなふうに……思ったことなかった」

「まあ、人にはいろんな面があるのに……ってのは、俺の叔父さんの受け売りなんだけどな」

城本の笑みが大きくなって、絵麻の鼓動はますます高くなる。

「気にするなって言われても、難しいときもあるよな。だけど、恥じるようなことをなにもしてないんだったら、胸張って堂々としてればいいって俺は思う」

「そう……だよね」

城本の温かな言葉に、自然と絵麻の頬《ほお》が緩んだ。絵麻の泣き笑いのような表情を見て、城本は体を起こす。

「じゃ、俺は部活に戻るな」

彼はカーテンから出て、教室の後ろに並ぶロッカーの列に近づいた。真ん中辺りにあるロッカーの鍵を開けて、財布を取り出す。

「あの、ありがとう」

絵麻はカーテンを開けて、城本に声をかけた。彼はロッカーを閉めて、財布を持った右手を軽く挙げる。

「おう。また明日な」

そう言って教室を出て行った。

彼がくれた言葉は絵麻の胸の中に温かく留まっていて、彼の姿は見えなくなっても、絵麻の心臓はずっとドキドキと音を立てていた。

そのときの甘酸っぱく切ない気持ちを思い出し、絵麻は軽く息を吐いた。今、彼はどうしているだろうか、と思ったとき、真梨香がひょこっと絵麻の顔を覗き込む。

「なにを考えてたの？」

真梨香に興味津々といった目つきで見られ、絵麻はごまかすようにカクテルをゴクゴクと飲む。

「え、と、特には……」

「嘘おっしゃい。どんな男なら誘いたくなるかって訊かれてたんだから、当然男のことよね？　正直に答えなさいよ」

真梨香に言われて、絵麻は頬を赤くして小声で答える。

「初恋の人を……高二のとき好きだった人のことを思い出していました」

「初恋が高二……。絵麻ってば昔から奥手だったのねぇ」

真梨香はため息をついて続ける。

「でも、とてもいい表情をしてたわよ。やっぱり恋愛をした方がいいわ。こうなったらもう疑似でもいいんじゃない？　疑似恋愛を体験させてくれそうな男性に心当たりはない？」

真梨香に訊かれて、絵麻は黙ったまま首を横に振った。

「やっぱりいないか……。うーん、強いて言えば、お金を払って割りきった関係が持てるホストかレンタル彼氏か……。でも、ホストは絵麻にはねぇ」

真梨香はぶつぶつと言っていたが、絵麻が困った顔をしたのに気づき、真面目な表情になって彼女を見る。

「私はね、絵麻に期待してるの。世の中には、きっと絵麻のように自分の殻を破りたいけど破れない、どうやって破ったらいいのかわからないって女性がたくさんいると思うのよ。だから、そういう人たちの代表として、ほんの少し自分が大胆になれるようなランジェリーをデザインしてほしいの。スポーツブラでもなく、品のない透け透けのショーツでもなく」

「真梨香さん……」

真梨香の本心を知り、絵麻は胸がじぃんと熱くなった。改めて、憧れの社長の期待に応えたい、と強く思う。そのためにはやはり大人の魅力を知りたいが……ホストにはちょっと怖いイメージがある。かといって、レンタル彼氏なんてどうやって頼めばいいのか。だったら、数少ない大学時代の友人に事情を話して男友達を紹介してもらおうか。けれど、そんな図々しいお願いをするには、みんなと疎遠になりすぎている……。

頭を悩ませていたら、絵麻の前にスッと人影が立った。イケメン・バーテンダーだ。彼は空になった絵麻のグラスに視線を送る。

「なにかお作りしましょうか?」

絵麻を見る彼の目は柔らかく微笑んでいた。温かく見つめられ、頭の中をぐちゃぐちゃと乱していた思考がストップする。

「あ……じゃあ、アラウンド・ザ・ワールドをお願いします」

絵麻は先程メニューを見て気になっていたカクテルを注文した。

「かしこまりました」

バーテンダーはさっきと同じようにシェーカーを使ってカクテルを作り始めた。できあがってグラスに注がれたのは、美しいエメラルドグリーンのカクテルだ。

「お待たせしました」

絵麻は目の前に置かれたグラスを見て、感嘆のため息をつく。

「わあ、すごくきれい」

絵麻は礼を言って、カクテルを一口飲んだ。ミントの香りが爽やかで、パイナップルジュースの甘みがほんのりとあり、飲み口はさっぱりしている。

「おいしい……」

「お気に召しましたか？」

「はい！　はまっちゃう味です」

「こちらも飲むのは初めてですか？」

「はい。名前がおしゃれだから、きっとおいしいだろうなって思ったんです」

「好みの味ではなかったら、どうするつもりだったんですか？」

バーテンダーに訊かれて、絵麻は小さく肩をすくめた。

「がんばって飲みます。真梨香さんに『新しいことを経験しないといけない』って言われてますので」

「そうでしたね。お酒は強いんですか？」

バーテンダーに訊かれて、絵麻は居酒屋に行ったときのことを思い出しながら答える。

「そうですね……三杯くらいは飲めます」

バーテンダーは目を細め、笑みを含んだ声を出す。

「では、もしジンベースのカクテルがいいとか、甘めのがいいとか、リクエストがありましたら、遠慮なく言ってくださいね」

「はい、ありがとうございます」

絵麻は二回連続好みの味のカクテルに出会えたことが嬉しくて、チーズとクラッカーをお供にグラスを空けた。

「お気に召したのなら、もう一度お作りしましょうか？」

イケメン・バーテンダーに訊かれて、絵麻は首を左右に振る。

「いいえ、新しいことに挑戦したいので、別のカクテルにします。次はスカイ・ダイビングをお願いします！」

「かしこまりました」

彼はにっこり笑って新しいグラスを手に取った。そうしてシェークで作ってくれたそれは、澄み切った空のように青い色のカクテルだった。

「スカイ・ダイビングです。どうぞ」

「わあ、これもきれいな色ですね！　ありがとうございます」

絵麻は置かれたグラスを手に取り、口をつけた。甘く苦い独特の香りがして、柑橘系《かんきつけい》の清涼感のある味わいが口の中に広がる。

「これも好きな味です」

絵麻がおいしく飲むのを見て、バーテンダーは嬉しそうに微笑んだ。

「よかった」

彼の笑みが優しく見えて、絵麻はグラスを置き、彼の顔をじぃっと見る。

「ほかになにかお作りしましょうか？」

バーテンダーに訊かれて、絵麻は思わず笑みを零《こぼ》した。アルコールのせいか体は温かく、頭はふわふわする。おまけに胸がうずうずして、わけもなく楽しい気分だ。

「今、スカイ・ダイビングを作ってもらったばかりですよ」

「フードメニューもありますよ」

「フードは真梨香さんがたくさん頼んでいたので、それを――」

食べます、と言おうとした絵麻は、カウンターの隣を見て目を丸くした。いつの間に真梨香が食べたのか、皿はほとんど空になっている。

なるほど、こういう料理が美魔女社長のエネルギー源なのか。

絵麻はおかしくてたまらず、クスクスと笑った。

「真梨香さんって意外と食べるんですね」

真梨香はつんと横を向いた。

「いいでしょ。エイジさんもリュウくんも料理が上手なんだもの」

「エイジさんとリュウくん……。それがお二人の名前なんですね」

絵麻は顔を上げて目の前のイケメンを見た。彼は〝エイジさん〟だろうか〝リュウくん〟だろうか？　きっと〝くん〟付けされている方だろう、と思ったとき、絵麻の目に映る彼の笑顔がゆら～っと揺れた。

「リクエストをどうぞ」

ゆらゆら揺れる視界の中、リュウの甘やかで優しい声が絵麻を包み込む。

「なんでもいいんですか？」

「もちろんです。お望みのものをなんでもおっしゃってください」

「本当になんでも……？」

「はい。リクエストにお応えしますよ」

リュウの笑顔に背中を押され、絵麻は今欲しくてたまらないものを言葉にする。

「それじゃあ――」

第二章　驚愕の朝

その日は高二の三学期、期末テストの初日だった。苦手な数学のテストが終わり、明日の英語をがんばらなくちゃ、と思いながら駅に到着した。ホームに上がって電車に乗ると、ドア横の壁に城本がもたれていて、絵麻はドキッとする。

目が合って、城本が絵麻に軽く会釈をした。絵麻もペコッと頭を下げる。絵麻はそのまま奥に進もうとして、足を止めた。

もうすぐ三学期が終わる。三年生になったら、彼と別のクラスになってしまうかもしれない。クラスが違っても話ができるくらい仲良くなりたい……。

絵麻はゴクリと唾を飲み込んだ。彼が手に単語カードを持っているのを見て、勇気を振り絞って声をかける。

「明日の英語の勉強？」

「ああ、一応」

城本が答えたとき、「ドアが閉まります。ご注意ください」というアナウンスが流れ、閉まりかけたドアから男子が二人飛び込んできた。

「ふー、間に合った！」

同じクラスの男子たちだ。直後にドアが閉まり、二人は城本とは反対側のドア横に鞄を置いた。

電車がゆっくりと発車し、絵麻は鞄から単語帳を取り出す。

「コンパウンド」

城本が言い、絵麻は視線を彼に向けた。城本は絵麻を見ている。

「覚えた？」

彼に訊かれて、絵麻は斜め上を見ながら記憶をたどる。

「化合物？」

絵麻の答えを聞いて、城本はニッと笑った。

「ハズレ」

「え!?」

「アクセントが後ろに来たら動詞だから、〝混ぜる〟とか〝調合する〟って意味になる。名詞のときは前にアクセントがあるって授業で習っただろ？」

絵麻は彼に言われて思い出した。

「あ、そうだった気がする……。ダメだぁ、もっとちゃんと勉強しないと」

絵麻がため息交じりにつぶやいたときだ。電車がカーブに差しかかった。

「あっ」

電車が大きく揺れて絵麻はバランスを失い、慌てて両手を伸ばした。ドンッと音がして、気づけば城本の顔を囲うように壁に両手をついていた。彼との距離は二十センチほど。

「あ、ご、ごめ……」

あまりの近さに顔が熱を持つ。慌てて彼から離れようとしたとき、反対側のドア横にいた男子がわざと甲高い声を出した。

「きゃっ、見て、壁ドンよぉっ」

一人が大げさな仕草で頬に両手を当て、もう一人がからかうような口調で言う。

「あの身長差はお似合いだな。水谷王子、おジョー様にキスしろよ」

絵麻は真っ赤になって壁から手を離した。恥ずかしくてたまらず座席のポールに掴まる。

「ご、ごめんね」

城本の顔を見ることができず、目を伏せたまま謝った。

「ふざけんな」

城本の低い声が聞こえて、絵麻は心臓がキュッと縮み上がった。ふざけたわけではなくよろけただけなのだが、電車の中でクラスメートにあんなふうにからかわれたら嫌だろう。

二学期、カーテンの中で泣いていた絵麻を優しく励ましてくれた城本だったが、今は怒っている。やっぱり彼にとっても身長はコンプレックスだったのだ。

「ほんとにごめんなさい」

絵麻は小声で言うと、隣の車両に向かって歩き出した。その背中に男子が聞こえよがしに言う。

「やっぱり自分よりでかい女は無理だよなぁ。男にもプライドってもんがあるし。ジョーより背の低い女子って言えば楠本くらいか。あいつ、かわいいから、狙ってる男子多いんだぞ」

それに対して城本がなにか答える声がした。もうすぐ駅に着くことを伝えるアナウンスのせいで、彼がなにを言っているのかは聞こえないが、口調が怒っていることだけはわかる。

(私に壁ドンされたのがよっぽど嫌だったんだ……)

絵麻は惨めさのあまり涙が込み上げてきて、ちょうど開いたドアからにホームに降りた。自宅の最寄り駅ではないが、もうこれ以上彼らと同じ電車に乗っていたくなかった。

ドアが閉まって走り出した電車を見ながら、絵麻は大きく肩を落とした。しょせん自分はウドの大木。身の程知らずの恋だったのだ。


目尻から熱いものが零れて、絵麻は自分が泣いているのだと気づいた。直後、頬になにかが触れたかと思うと、それはそっと頬を撫でて涙を拭う。

「どうしたの?」

気遣うような男性の低い声が聞こえてきた。この1Kのマンションには、五年前、ピアチェーヴォレに就職してから一人で住んでいる。自分の部屋に男性がいるわけないのだから、きっと夢見ているのだろう。

絵麻は夢うつつのまま、かすれた声で答える。

「子どもの頃の夢を見てたの」

「悲しい夢だったんだ？」

「うん。自分がダメな人間だって再確認させられた」

「君はダメな人間なんかじゃないよ」

優しい声が聞こえて、頬に大きな手のひらがそっと触れた。夢とはいえ、誰かに頬を触られることがこんなに気持ちいいのかと、絵麻は手のひらに顔を寄せる。

「意外と甘えんぼなんだ。かわいいな」

男性の声がして、頬にかかっていた髪をかき上げられた。その指先が耳の後ろに触れ、絵麻はくすぐったさのあまり身をよじらせる。

「ひゃあっ」

その瞬間、パチッと目が覚めた。

「おっと、耳は弱かった？」

端正な顔立ちのイケメンが絵麻の顔を覗き込んでいて、絵麻は驚いて目を見開いた。

「だ、誰っ!?」

「誰って……それはひどいな。昨日、君からお願いしてきたのに」

イケメンは不服そうに目を細めた。

「お、お願い⁉」

「そう。『リクエストにお応えしますよ』って俺が言ったら、君は『それじゃあ、私と疑似恋愛してください！』って言っただろ」

男性に言われて、絵麻はパチパチと瞬《まばた》きをした。

「え、待って、待ってください。本当に私がそんなことを？」

「ああ」

イケメンはしっかりと頷いた。

絵麻は頭痛がしてこめかみを右手で押さえた。顔をしかめながら、昨日の記憶をたぐり寄せる。

昨日は初めてのデザイン画を真梨香に酷評され、実地研修と称してバーに連れていかれた。そこにはイケオジとイケメンのバーテンダーがいて、真梨香に『やっぱり恋愛をした方がいいわ。こうなったらもう疑似でもいいんじゃない？』と言われて……。

（優しく話しかけてくれたイケメン・バーテンダーに、『私と疑似恋愛してください！』ってお願いしたような気がする……）

絵麻はおずおずと男性の顔を見た。落ち着いて見ると、彼は昨日カクテルを作ってくれたイケメン・バーテンダーなのだとわかる。

「リュウくん……ですか？」

「そうだよ」

彼はワイシャツに黒いスーツのパンツという格好で、シングルベッドの端に腰かけていた。

「バーテンダーの制服じゃなかったから……すぐにはわかりませんでした」

「君と一緒に帰る前に着替えたんだ」

「そ、そうだったんですか」

「昨日の記憶はどこまであるの？」

「私と疑似恋愛してくださいって頼んだところまでです……」

そのあとの記憶がまったくない。絵麻は焦りながら、酔った勢いでとんでもないお願いをしたことを謝ろうとベッドに起き上がった。その拍子に肩からブランケットがはらりと落ちて、小さく身を震わせた。体を見下ろし、自分がブラジャーとショーツ、それにキャミソールという格好なのに気づく。

「えっ、嘘」

絵麻は青くなってブランケットを肩まで引き上げた。絵麻が疑似恋愛をお願いしたから、彼が絵麻を〝大人の女〟にしてくれたということなのか……!?

(確かに真梨香さんの期待に応えられるよう、大人の魅力がわかる女性になりたいとは思ったけれど……でも、だからって初めてがこんな……酔った勢いで、しかも記憶がないなんて……！)

絵麻は悲しいのと情けないのとで、ブランケットを目に押し当てた。自己嫌悪で泣きたくなったとき、リュウの低く穏やかな声が聞こえてくる。

「昨日、部屋に着いた直後、トイレで吐いたのは覚えてる？」

「えっ？」

絵麻はブランケットから目を出してリュウを見た。彼はベッドから立ち上がり、無実だというように両手を胸の前に軽く挙げる。

「君はそのまま倒れるように廊下で眠ってしまった。吐いたときに服が汚れたから、悪いと思ったけど、脱がせてベッドに寝かせたんだ。服はバスルームで洗って、フックにかけて干してある。一人にするのが心配で一晩一緒にいたけど、俺はずっとあっちのソファにいた」

リュウは横の壁際、テレビと向かい合う位置にある二人掛けのソファを視線で示して続ける。

「明け方、君はもう大丈夫だろうと思ったから、仮眠を取らせてもらったが、それ以外、君が心配するようなことはなにもしていない」

絵麻はブランケットを顎まで下げて彼を見る。

「私……吐いたんですか？」

「ああ」

絵麻は半信半疑で口を開いた。

「すみません、まったく覚えてないです……」

「すまない。もう少し気をつけてカクテルを勧めるべきだった」

リュウが申し訳なさそうな表情になった。

もしリュウが、彼が言った以上のことをしたのだとしたら……あんな顔をするだろうか？

絵麻はブランケットの中で体をあちこち触った。ブラジャーもショーツも乱れていないし、初めてのときに感じるという下腹部の違和感などもない。

絵麻は大きく息を吐いた。

こんな格好だから彼に抱かれた、と思い込んでいた自分が恥ずかしい。二十七年間、どんな男性にも好かれなかった自分に、欲しがられなかったこの体に、彼のようなイケメンが興味を持つはずがない。

「ご迷惑をおかけしてすみませんでした。会社の飲み会で居酒屋に行ったときも、カクテルを三杯くらい飲むので、まさか記憶を失うなんて自分でも思わなくて……」

「昨日、君が飲んだのはどれもアルコール度数がかなり高めだったんだ」

「そうなんですか。知りませんでした。好奇心に駆られて飲んだ私が悪いので、気にしないでください。私を介抱して、汚れた服まで洗ってくださったのに、変な疑いをかけてしまい、お詫《わ》びのしようがありません。本当にごめんなさい」

絵麻はブランケットを体に巻いてベッドに正座し、深々と頭を下げた。

「そんなに恐縮しなくていいよ。俺は大丈夫だから」

絵麻は顔を上げてリュウを見た。

「でも……昨日、家に帰らなかったから、ご家族が心配してるんじゃないですか？」

「いや、俺は一人暮らしだから」

彼の返事を聞いて、絵麻の頭にもっと大変な考えが浮かんだ。

「そ、そうだ！　彼女さん！　いくら酔ったお客を介抱したんだとはいえ、女性の部屋に泊まったって知ったら、彼女さんが怒りますよね!?」

「怒るような彼女はいないから大丈夫。俺の心配はしなくていいから」

リュウは絵麻を安心させるように微笑んだ。その優しげな表情に絵麻は安堵《あんど》を覚える。

「……リュウくんって本当にいい人なんですね。会って一日も経《た》たない私に、こんなに親切にしてくださって……」

その言葉を聞いた瞬間、リュウは眉を寄せて考え込むような表情になった。そうして低い声で言う。

「……うん、そうだな。やっぱりお詫びはしてもらおうかな」

彼の口調が突然、意地悪な響きを帯び、絵麻は内心驚きつつ、口を動かす。

「ええと、じゃあ、あの、後日夕食をごちそうさせてくれませんか？」

「いや、それじゃダメだな」

リュウが首を左右に振り、絵麻は情けない顔になった。

「そ、そうですよね。ものすごくご迷惑をおかけしましたもんね。じゃあ……とりあえず朝食を作ります。食べながら改めて決めるのでどうでしょうか？」

絵麻はそう言ってベッドから降りようとした。しかし、片膝を立てたもののブランケットに足を取られ、前のめりになってベッドから落ちそうになる。

「きゃあっ」

「危ない！」

とっさにリュウが両腕を広げ、正面から絵麻を抱き留めた。

「ごめんなさい」

「そそっかしいな」

絵麻は慌てて彼の肩に手をついて体を離そうとした。けれど、リュウは絵麻の腰に回した腕にぐっと力を入れて絵麻を抱き上げた。絵麻は宙に浮いたまま彼を見下ろす格好になる。

「あの」

「この距離感になにか思わない？」

リュウに二十センチほどの距離から見上げられ、絵麻は瞬きをする。

「えっと……またご迷惑をおかけしてすみません……って思います」

リュウはふぅっと大きなため息をつき、絵麻を荷物のようにひょいと肩に担いだ。

「ええええっ」

「バスルームまで運んでやるから、まずはシャワーを浴びるといい」

「いえ、あの、シャワーは浴びたいですけど、自分で歩けますっ」

「さっきつまずいただろ」

「あれはブランケットに足を取られただけで……っていうか、重いから下ろしてくださいっ」

「ぜんぜん重くない」

じたばたする絵麻をリュウは脱衣所の前まで運んで下ろした。

「ほら到着」

「……ありがとうございますっ」

強引に運んだくせに、と不満に思いながら、絵麻は素っ気なく言った。

「口調に感謝が足りてない気がするなぁ」

リュウがニヤリと笑い、絵麻は目を剥いた。なにがスイッチになったのか、彼の雰囲気が突然変わった気がする。それはタメ口で話すせいだけではないように思う。とはいえ、これ以上絡まれたくなくて、絵麻は笑顔を作った。

「あの、きっと気のせいですよ」

「そうかなぁ」

リュウが疑《うたぐ》り深《ぶか》げな声を出したが、絵麻は言い張る。

「はい、気のせいです！」

「君がそう言うならそういうことにしておいてやるよ」

やっぱり昨日と違って、リュウは口調が意地悪になっていた。バーで話したときはもっと紳士的だったのに。

頬を膨らませる絵麻に、リュウはなんでもないような口調で言う。

「コーヒーを飲みたいからキッチンを借りるよ」

「どうぞ。ドリップバッグが切れてるので、インスタントでよければ」

「充分だ。ついでに朝食を作っていいかな？」

リュウに訊かれて、絵麻は困った顔になった。

「朝食は私がお詫びの一つとして作ろうと思ってるんですけど」

「君がシャワーを終えてから作るんじゃ、遅くなるだろ。そんなに待てない」

「でも」

「ゆっくりシャワーを浴びておいで。ああ、それとも、一緒に浴びたい？　お望みなら一緒に浴びてもいいよ」

リュウがいたずらっぽい口調で言った。冗談だとは思うが、絵麻は顔が赤くなるのを抑えられず、急いで脱衣所に入ってドアをバタンと閉めた。

「どうぞキッチンをお好きに使ってくださいっ」

絵麻がカチャリと鍵をかけると、ドアの向こうから笑みを含んだ声が聞こえてくる。

「そうさせてもらうよ。あとで勝手に冷蔵庫開けられた〜とか怒るなよ」

リュウの足音が遠ざかり、絵麻はホッと息を吐いた。

(どうしてこんなことになってしまったんだろう)

なにもなかったし、なにもされそうにないが、現状、意地悪なイケメン・バーテンダーに絡まれている。

これからカクテルを飲むときはアルコール度数にもっと注意しよう。

絵麻はそう固く決意をした。


シャワーを浴びながら、どうしてリュウの態度が豹変《ひょうへん》したのか考えてみたが、よくわからなかった。強いて言うなら、『リュウくんって本当にいい人なんですね。会って一日も経たない私に、こんなに親切にしてくださって』と言った直後に変わった気がするが、絵麻としては褒め言葉のつもりだった。

結局、はっきりした原因には思い当たらなかったものの、熱いシャワーを浴びると気持ちがすっきりして、絵麻はゆったりした白のシャツとグレーのワイドパンツに着替えた。髪を乾かして簡単にメイクを済ませる。人心地ついて脱衣所のドアを開けると、コーヒーの香りが漂ってきた。

「コーヒーに砂糖とミルクは入れる?」

リュウがキッチンから顔を覗かせた。

「ミルクを多めにお願いします」

「了解」

すぐにマグカップを二つ持って、リュウが出てきた。そうして居室のローテーブルにカフェオレの入ったマグカップを置く。

「どうぞ」

絵麻はソファを勧められたものの、ローテーブルの上を見て驚いた。

「えっ、これ全部、作ってくれたんですか⁉」

ローテーブルの上には普段使っているランチョンマットが敷かれていて、大きな白い丸皿に、こんがり焼き色のついたトースト、カリカリに焼いたベーコン、スクランブルエッグ、それにレタスとキュウリを使ったサラダが形よく盛られていた。そして小さなスープカップにはキャベツとトマトのスープが入っている。

いい匂いにつられて強い空腹を覚え、絵麻は感嘆のため息交じりにつぶやいた。

「おいしそう……」

「どのくらい食べられるかわからなかったから。食べられそうなものを食べるといいよ」

リュウの気遣いに胸がじーんとする。こんなふうに誰かに——それも男性に——気遣われたのは、カーテンに隠れて泣いていたときに城本が声をかけてくれて以来だ。

「ありがとうございます！　おいしそうな朝食を見たら、食欲が湧いてきました」

「それはよかった」

リュウが絵麻と向かい合う位置でフローリングに座ろうとするので、絵麻は彼にソファを勧めた。

「どうぞ、こっちに座ってください」

「ありがとう」

リュウが絵麻の隣に座り、絵麻は「私が床に座ります」とソファを立った。その手首をリュウがぐっと掴む。

「隣に座ればいいだろ?」

手首を握られ、絵麻はドギマギしながら答える。

「え、や、狭いかな……と思って」

「二人で充分座れる」

リュウが絵麻の手を引き、絵麻はすとんとソファに座った。少し隙間があるとはいえ、隣にリュウの体温を感じて、なんだか落ち着かない。

「冷めないうちに食べよう」

リュウに促されて、絵麻は彼と一緒に「いただきます」と手を合わせた。

まずトマトスープを一口飲む。トマトの酸味がさっぱりしていて、その中にキャベツと玉ネギの甘味がほんのりとある。荒れた胃に優しく染み込む味だ。絵麻がスプーンを動かすのを見て、リュウが目を細める。

「二日酔いは大丈夫そうだな。よかった」

「はい。ご迷惑をおかけしました。こんなにおいしい朝食まで作ってくださって、本当にありがとうございます」

「迷惑だとは思ってないから、そんなに気にしなくていい」

そうは言うものの、絵麻は彼に汚した服まで洗ってもらっているのだ。

「それで、あのぅ、さっきのお詫びの話なんですけど……」

仕事熱心すぎる真梨香なら、『一晩で新作ランジェリーを全部試着して、感想をレポートにまとめなさい』とか、『他社メーカーのベビードールを買い集めてきて』とか、ここぞとばかりに絶対に無茶《むちゃ》振りをしてくるだろう。彼はバーテンダーだから、『一晩でカクテルを全部試飲して、感想をレポートにして』とか頼んでくるだろうか。

そんなことを考える絵麻に対し、彼はトーストを持ったまま口を開く。

「じゃあ、明日デートをしよう」

「え、デート、ですか？　私なんかとデートして、お詫びになります？」

絵麻はそう言ってから、ハッと気づいた。

「あ、そうか！　私がデート代を持てばいいわけですね？」

それならお詫びになる、と絵麻は思ったが、リュウは首を横に振る。

「いや、そうじゃない。昨日、君に疑似恋愛をオーダーされたから、リクエストにちゃんと応えたいんだ。君は俺がここまで送って、服を脱がせて抱き上げてベッドに寝かせたことを、覚えてないんだろう？」

そんなことをされていたなんて。絵麻は今さらながら恥ずかしくなる。

「……すみません」

「ぜんぜん恋愛になってなかったから、やり直したいんだ」

「それって逆にまたご迷惑になると思うんですけど……」

「ならないよ。今度はちゃんと俺に恋をしてくれれば」

疑似とはいえ恋愛らしいことができなかったから、ということだろうか。それでも絵麻はイマイチ納得できない。

「それで本当にお詫びになります？」

「なる」

リュウはきっぱりと言った。

迷惑をかけた身としては、ここまで言われたら素直に頷くしかないだろう。

「そうおっしゃるなら……わかりました」

けれど、リュウは不満そうに息を吐いた。

「その態度じゃ、ぜんぜん恋人らしくない」

恋人らしいとはどういうことだろうか、と絵麻が思ったとき、その疑問に答えるようにリュウが言う。

「まずはその敬語。いつまで敬語を使うつもりだ？　俺たち同い年なのに」

リュウは言ってスクランブルエッグを口に運んだ。絵麻も同じようにスクランブルエッグを食べながら、彼に歳を教えただろうか、と首を傾げる。

「リュウくんも二十七歳なんですか？」

「まだ思い出さないのか」

リュウは呆れたように言った。

「ええと、年齢、教えてもらってました？」

絵麻の問いかけに、リュウは口元に淡い笑みを浮かべた。それが寂しそうに見えて、絵麻は失敗した、と思った。

「私、教えてもらってたんですね！　すみません、忘れてました。じゃなくて、忘れてた」

絵麻がフォークを下ろしたとき、リュウが右手を伸ばして絵麻の頬にそっと触れた。絵麻は驚いて彼から離れようとしたが、ソファのアームレストに腰が当たって動けない。

「恋人だったら、そんなふうに警戒したりよけようとしたりしない」

「ぎ、疑似恋愛ですよね!?」

「そんなに警戒するなよ。俺は君が思っている以上に、君のことが気になって仕方がないのに」

リュウはスッと目を細め、親指で絵麻の唇をそっとなぞった。そのくすぐったいような不思議な感触に、絵麻の肩が勝手にビクリと震える。

「あ、の?」

「卵がついてた」

リュウは言って親指をぺろりと舐めた。その舌の動きが艶めかしくて、彼の表情も色気があって、絵麻は胸がドキドキしてくる。

(男性なのにこんなに色気があるなんて……)

そう思って、絵麻はハッとした。

(こういうのがきっと真梨香さんの言う〝誘う大人の魅力〟なんだ!)

真梨香が絵麻をシトロンスイングに連れていった理由を思い出す。バーテンダーに大人の色気があったからだ。そんな彼とデートをすれば、今までとは違うデザインが描けるかもしれない。

「明日、ぜひデートしてください!」

絵麻は彼の方に身を乗り出しながら言った。絵麻の意気込んだ様子を見て、リュウは驚いたように瞬きをする。

「急に積極的になったな」

「はい! じゃなくて、うん! リュウくんとデートしたら、〝誘う大人の魅力〟がわかるかもしれないし、仕事にとってプラスになると思うから!」

「それは……俺とデートするのは仕事のためってこと?」

リュウは困惑気味に言った。

「もちろん！　今度はちゃんと疑似恋愛ができるようにしっかりがんばるから！」

そう答えてから、絵麻は「あっ」と声を出す。

「ごめんなさい。これってお詫びのデートなのに、私だけにメリットがあるなんて不公平だよね。ええと、カクテルの感想をレポートにするとか、バーの買い出しで荷物持ちするとか、リュウくんの役に立てるようなこともちゃんとするから、遠慮なく言ってね」

絵麻の言葉を聞いて、リュウは呆気《あっけ》にとられたように小さく口を開けた。

「リュウくん？」

絵麻が首を傾げて彼を見ると、リュウは仕方ないな、と言いたげな笑みを浮かべ、絵麻の髪をくしゃくしゃと撫でた。

「俺は君とデートできるだけで嬉しいんだよ」

疑似恋愛だとわかっているのに、彼の表情と言葉に胸がキュンとする。

(さすがはイケメン！　セリフ一つ取っても違うなぁ。どう言えば女性が喜ぶかわかってるんだ)

感心する絵麻に、リュウは気を取り直したように笑顔で言う。

「じゃあ、明日は一時に車で迎えに来るよ」

「よろしくお願いします！」

リュウのような色気のあるイケメンがデートしてくれるなんて！　冴《さ》えない自分にこんな経験

は二度とできないだろう。是が非でも仕事に役立つ大人の魅力に触れなければ。
絵麻は決意を新たに、朝食の続きを食べ始めた。

第三章　恋の疑似体験

翌日の日曜日、絵麻は朝からそわそわしていた。リラックスしようと、切らしていたコーヒーのドリップバッグを買ってきて、ゆっくり飲んでみたが効果はあまりなかった。なにしろ生まれて初めて男性とデートをするのだ。それも自分に不釣り合いなくらいのイケメンとである。緊張しない方がおかしい。

リュウはどう見ても恋愛経験値が高そうだ。お詫びとして疑似恋愛をやり直すのだから、絵麻だけのメリットにならないよう、どうにか彼にも楽しい時間を過ごしてもらわなければいけない。

そうは思うものの、手持ちのワードローブはオフィスワークに適した服ばかり。結局、ライトブルーのブラウスに黒のパンツという通勤するのと変わらない格好になった。雰囲気だけでも変えようと、いつもは一つにまとめているセミロングの髪をハーフアップにしてみた。

彼と本物の恋人らしく振る舞って、少しでも〝誘う大人の魅力〟のヒントをもらいたい。

一時十分前になり、絵麻はバッグを持ってローヒールのパンプスを履き、部屋を出た。エレベーターで一階に下りて、エントランスの前で待つ。ほどなくしてマンションの敷地に一台の黒の

SUVが入ってきた。来客用駐車場に停《と》まって、運転席からリュウが降り立つ。

「嬉しいな。わざわざ下りて待っててくれたんだ」

リュウが絵麻を見て目を細めた。今日の彼はライトグレーのVネックシャツにベージュの細身パンツ、それにネイビーのカーディガンを羽織っている。意外にカジュアルな格好だ。

「こんにちは。あの、お待たせするのは悪いと思って……」

絵麻はおずおずとリュウに近づいた。彼は絵麻を助手席に促し、ドアを開ける。

「どうぞ」

「あ、ありがとう」

絵麻は礼を言って助手席に乗り込んだ。車内はゆったりとしていて、ライトグレーの座席と黒のインテリアがシックで落ち着いている。絵麻がシートベルトを締めている間に、リュウは運転席に回った。

「今から俺は君のことを絵麻と呼ぶから、絵麻は俺を琉斗《りゅうと》と呼んで」

「えっ、リュウくんじゃなくて、琉斗くんだったんだ」

絵麻の胸がキュウッとなった。懐かしいような切ないような、不思議な気持ちで目を細める。

(ジョーくんも……〝りゅうと〟って名前だった)

「今さらだけど……名字はなんて言うの？」

絵麻が尋ねると、琉斗は物問いたげな表情になる。

「わからない？」

（そんなふうに訊くってことは……私、きっと名字を教えてもらってたんだ……）

それなのに年齢同様覚えていないなんて申し訳なくて、絵麻は曖昧に笑ってごまかす。

「あ、ええと、うん、名字は大丈夫。それで、あの、琉斗……って呼び捨てにした方がいいのかな？」

「……その方が恋人らしいね」

「うう、でも、いきなり呼び捨てはやっぱり難易度が高いかも……」

「だったら、絵麻の呼びやすい呼び方でいい」

彼は言い慣れているかのようにあっさり〝絵麻〟と呼んでいる。絵麻は大きく息を吸い込んで思い切って口を動かす。

「琉斗……くん」

「なに？」

「えっと、練習で呼んでみただけ」

「なんだよ、それ」

「やっぱり呼び捨ては無理～」

絵麻は情けない声で言って頭を抱えた。そんな絵麻を見て琉斗は笑みを浮かべる。

「やっぱりかわいいな」

不意打ちのように甘い言葉をかけられ、絵麻の心臓が跳ねた。

「い、いきなりそんなこと言う？」

「思ったことを正直に伝えただけだよ。ほんと、絵麻って反応がいちいちかわいい」

絵麻は顔が勝手に熱くなり、パタパタと手のひらで扇《あお》いだ。

「そ、それで、今日はどこへ行くの？」

絵麻は正面を向いているが、運転席から視線を感じた。

「そうだなぁ。まずは買い物に付き合ってくれる？」

琉斗がシートベルトを締めながら言った。彼がいったいどんな買い物をするのか興味が湧いて、絵麻は頷く。

「もちろん」

「じゃ、出発するよ」

琉斗は車をゆっくりとスタートさせて公道に出た。日曜日の昼前だからか、どこも比較的交通量が多い。カーオーディオは琉斗のスマートフォンと接続されていて、十年くらい前に流行《はや》った曲が流れている。

「懐かしいなぁ。この歌って私たちが高校生のときに流行ってたよね？」

「だろ？　高校生のときのこと、思い出さない？」

琉斗に訊かれて、絵麻は心が沈むのを感じた。

「んー……あんまり……いい思い出がないんだ」

「そうなの？」

「まあ……修学旅行とか部活とかは楽しかったけど……普段の学校生活はあんまり。私、背が高いことがずっとコンプレックスだったんだ。励ましてくれた男子もいたんだけど、二年生の二学期に、クラスの女子に言われた言葉が……本当にきつくてつらくて」

「なにを言われたんだ？」

琉斗の声が一段低くなった。運転席をチラリと見ると、彼の横顔が険しくなっている。まるで絵麻の代わりに怒ってくれているかのようだ。けれど、これはお詫びを兼ねたやり直しの疑似恋愛。暗い雰囲気にならないように、絵麻はわざと明るい声を出す。

「やだ、私ったらなに言ってるんだろう。もう十一年も前のことなんだから、うじうじしすぎだよね。ごめん、気にしないで。なにか明るい話をしようよ」

絵麻は考えて、「あ」と思いつく。

「私ね、高校では手芸部だったんだよ！　部活は本当に充実してたんだ。キルトとかアクセサリーとかいろいろ作るのがすごく楽しかった。一番の思い出は、市の手作りマルシェにみんなで出品したことかな～。ピアスとか結婚式で使うリングピローとかベビードレスとか。自分たちでデザインを考えて、材料を買いに行って作ったの。ゴージャスなレースやかわいいリボン、キラキラ輝くストーンは、いつ見てもワクワクする」

「それが今の仕事につながったのかな?」

琉斗の口調が和らいでいて、絵麻はホッとしながら答える。

「そうかもしれない。最初は……就職活動で大手や中堅のアパレルメーカーに応募したんだけど、どこからも採用されなくて。ピアチェーヴォレには総務担当として採用されたの。だから、真梨香さんに『デザインをやってみない?』って言われたときは、すごく嬉しかった。でも、まだいいデザイン画が描けなくて、真梨香さんの期待に応えられてないんだけど」

絵麻はふぅと息を吐いて、運転席を見た。

「琉斗くんはなにか部活してた?」

「俺はサッカー部だった」

「ポジションはどこだったの?」

「フォワード」

「フォワード……」

ジョーくんと一緒だ、と絵麻は心の中でつぶやいた。懐かしくて甘酸っぱい気持ちを思い出し、絵麻は黙って懐メロに耳を傾けた。


それからほどなくして郊外のショッピングモールに到着した。広大な敷地にレストラン、シネマコンプレックス、ボウリング場まであり、同僚の女性たちが『よく買い物に行く』と話しているところだが、絵麻は初めて来た。

琉斗は地下駐車場に車を駐《と》め、絵麻がシートベルトを外している間に、運転席から降りて助手席側に回った。そうして外からドアを開ける。

「どうぞ」

琉斗が外から手を差し出した。絵麻は彼の手と顔を交互に見る。

「どうした？」

そう問われて、絵麻は瞬きをした。

（これは……この手を取れということなんだよね……？）

絵麻はおずおずと彼の手のひらに自分の手をのせた。車から降りるときに手を貸してくれるなんて、お嬢様みたいな扱いだ。

「あ、ありがとう」

「どういたしまして」

緊張して手のひらが汗を掻《か》きそうで、絵麻は車から降りると琉斗の手を離した。そうして彼から一歩離れようとしたが、琉斗の左手がスッと伸びて絵麻の右手を握る。

「ええと、あの……」

絵麻は戸惑いながら彼に握られている右手を軽く持ち上げた。

「ん、なに？　これじゃ不満？」

琉斗はとぼけたような声で言って、絵麻の指先に彼の指を絡めた。いわゆる〝恋人つなぎ〟だ。

「えっ、ひゃ、あっ」

絵麻は驚いて一歩下がった。その拍子にバランスを崩しそうになる。

「おっと」

琉斗がぐっと手を引いて、右手を絵麻の腰に回した。自然と彼の胸に抱かれる格好になり、絵麻の顔に血が上る。

「ご、ごめんなさいっ」

慌てて体を起こそうとしたら、琉斗にギュッと抱き寄せられた。

「ひえぇっ」

絵麻は思わず情けない声を上げた。左手を琉斗の胸に当てて押そうとするが、逞《たくま》しい胸板はビクともしない。

「『今度はちゃんと俺に恋をして』って言ったのに」

耳元で琉斗の声がして、絵麻は首をすくめた。

「そ、そそそそうだけど、いきなり難易度を上げないでっ」

絵麻が必死の声で言うと、琉斗はクスッと笑って絵麻の腰から手を離した。けれど、左手は絵麻の右手を握ったままだ。

絵麻はドキドキする胸を左手で押さえながら、大きく息を吐く。

「それじゃ、難易度を下げようか」

琉斗は絵麻の手を引いて、駐車場内の歩道を歩き出した。彼は難易度を下げたと言うが、絵麻にしてみれば、男性と手をつないで歩くこと自体、初体験だ。

(普通はもっと早くに経験してるんだろうな……。こういうことを積み重ねないと、大人の魅力は身につかないのかな)

そんなことを考えているうちに、ショッピングモールの入口に着いた。

さすがに大きなショッピングモールだけあって、カップルから家族連れ、グループ客など、人がとても多い。慣れない賑《にぎ》やかな雰囲気に呑《の》まれそうになるが、琉斗が手をしっかりと握ってくれている。その大きな手に包まれていると、ドキドキしているのに安心するという不思議な感じだ。

これも大人の魅力なのだろうか。

そんなことを考えているうちに、琉斗に手を引かれるまま、エスカレーターで二階に上がった。天井から下がっている案内看板には、〝レディースファッション〟と書かれている。

琉斗がそのままフロアを歩き出した。

「琉斗くん、ここ、女性ものフロアだよ？」

「ああ」

「琉斗くんの買い物をするんじゃなかったの？」

「俺のじゃなくて、絵麻のだ」

「私の!?」

絵麻は驚いて足を止めた。

「そう。今日はデートだから、もう少しカジュアルなファッションでもいいと思うんだ。絵麻が背筋を伸ばせるようなかわいい服を探そう。気になるショップはある？」

琉斗は一歩先で足を止め、振り返って絵麻を見る。

「気になるショップ……」

絵麻はおずおずとフロアを見回した。ピアチェーヴォレでは資料としてさまざまなファッション誌を講読している。そうした雑誌でよく取り上げられているオフィスカジュアルのショップから、大人っぽい〝キレイめ〟や〝ナチュラル〟をコンセプトにしたブランドまで、いろいろなショップが並んでいる。どれもこれまで絵麻には馴染《なじ》みのなかったファッションだ。天井の白い照明を浴びて、どの店の商品もキラキラ輝いて見える。

「私にかわいい服なんて……」

(似合うわけない)

絵麻は心の中でつぶやいた。その声が聞こえたかのように、琉斗は絵麻の手を離して彼女の両肩を軽く掴んだ。

「試してないのに答えを出しちゃダメだ。『新しいことに挑戦したい』って言ってたのは、絵麻だろう？」

琉斗は諭すように言った。その言葉に背中を押され、絵麻はもう一度フロアを見回す。

「あそこが……いいかな」

絵麻はファッション誌の特集で見た、絵麻ぐらいの年代の女性に人気のリーズナブルなブランドショップを指差した。

「じゃあ、見てみよう」

琉斗に促されて、絵麻はショップに入った。店内にはトップスやボトムスから、アクセサリーやバッグ、靴まで、ファッションと雑貨が揃《そろ》っていて、店員も商品を選ぶ客もみんなおしゃれだ。衣類をほとんど通販で揃える絵麻にはまぶしくて、気後れしてしまう。

琉斗は絵麻の不安そうな表情に気づき、右手を顎に当てて考えながら言う。

「絵麻は……肌の色が白いから、淡くて明るい色が似合うだろうな」

琉斗はディスプレイをぐるりと見回した。そうして一体のマネキンに目を留める。マネキンが着ているのは、フェミニンなレースがまさに〝大人かわいい〟ピンクベージュのシャツと白のロング丈のプリーツスカートだ。

(わあ、かわいい……)

あんな服を着こなせたらいいのに、と絵麻が思ったとき、同い年くらいの女性店員がにこやかに微笑みながら近づいてきた。

「いらっしゃいませ。なにかお探しですか?」

絵麻は反射的に逃げ腰になるが、琉斗に手を握られていて動けない。

「これと同じものを試着させてもらえますか？」

琉斗がマネキンを手で示すと、店員は絵麻の全身をサッと見た。

「かしこまりました。お客様のサイズのものをお持ちしますね」

店員がその場を離れ、絵麻は慌てて琉斗に囁く。

「ちょっとかわいすぎると思うんだけど」

「かわいいからいいんだよ」

「でも、やっぱり私には」

似合わない、と言いかけたとき、店員がアイテムを抱えて戻ってきた。そうしてフィッティングルームを手で示す。

「こちらへどうぞ」

「琉斗くん」

絵麻は情けない顔で彼を見た。

「大丈夫。着替えておいで」

琉斗が手を離し、絵麻の背中をトンと押した。店員に促され、絵麻は気乗りしないままフィッティングルームに向かった。

「着替えたらおっしゃってくださいね」

店員が絵麻に服を渡してフィッティングルームのドアを閉めた。

（レースとかピンクとか……私には絶対に似合わないのに……）

そう思うものの、レースをたっぷり使ったブラウスとシルエットがきれいなプリーツスカートを手に取ると、自然と胸の奥がうずうずしてきた。かわいいぬいぐるみやきれいなアクセサリーを作るときのような、ワクワクする感じだ。

似合うものなら着てみたい。

（似合わなければ、すぐに脱いじゃえばいいんだ）

そう決めて、着てきた服を脱いで試着をした。おそるおそる鏡を見ると、真っ赤な顔をした自分が映っている。首まで赤くなっていて、似合っているのかどうかよくわからない。

「絵麻、着替えた？」

外から琉斗の声が聞こえてきて、絵麻は小声で返事をする。

「うん、一応……」

「じゃあ、見せて」

琉斗に言われたが、絵麻はドアを開ける勇気が出ない。

「絵麻？」

もう一度琉斗に名前を呼ばれて、絵麻はおずおずとドアを開けた。

「き、着替えたけど」

絵麻がドアから顔だけ出したのを見て、琉斗は苦笑する。

「それじゃあ見えない」

絵麻は仕方なくドアから全身を出した。すると、琉斗は左手を口元に当てて目を見開く。

「うわ」

「『うわ』って……」

琉斗の反応を見て、絵麻は泣きたくなった。その表情の変化に気づき、琉斗が慌てて絵麻の手を掴む。

「かわいい。予想以上にかわいくて驚いた」

「え、嘘」

琉斗は少し怒ったように頬を赤くして言う。

「俺は嘘は言わない」

そんな照れくさいやりとりをする二人を前にしても、店員は動じることなく同意する。

「よく似合ってますよ！　彼女さん、細くて背が高いから、こういうロングスカートもさらっと着こなせるんですよね～。私は背が低いから羨ましいです」

恥ずかしくてもじもじする絵麻を見て、琉斗が店員に言う。

「あとはこれに合う靴を選んでくれるかな？」

「はい、お待ちくださいね」

店員は絵麻にサイズを訊くと、すぐにスニーカーとパンプスを持って戻ってきた。

「カジュアルな雰囲気にしたいときは白のスニーカーがお薦めですし、こちらのシルバーのヒールパンプスですと、さりげないアクセントになってこなれ感がアップしますよ」

店員の言葉を聞きながら、絵麻はスニーカーに目を向けた。パンプスはヒールが五センチくらいあるが、スニーカーはぺったんこだ。背が低く見える方を選ぼうとしたとき、琉斗が言う。

「パンプスの方がいいな」

「えっ、あの」

「決定。絶対絵麻に似合うから」

戸惑ったままの絵麻をよそに、琉斗は店員を見る。

「このまま着ていきたいから、タグを全部外してくれるかな？」

「ありがとうございます！　では、お客様のお洋服の方をお包みしますね」

店員は絵麻が試着している服から丁寧にタグを切り離し、絵麻が着てきた服を受け取ってレジに向かった。履いてきたパンプスを持っていかれただけでなく、琉斗がレジカウンターに行って店員にクレジットカードを渡したので、絵麻は慌ててシルバーのパンプスに足を入れた。レジに向かおうとしたとき、琉斗が戻ってきて言う。

「本当はスニーカーの方がよかったって思ってるだろ？」

「それがわかってて、どうしてパンプスを選んだの？」

「鏡を見てみろよ」

琉斗が絵麻の肩に手を置き、くるりと半回転させた。絵麻が鏡を見ると、頬を紅潮させた自分の全身が映っている。

「パンプスを履いたって、絵麻はまだ俺よりずっと背が低いんだよ」

絵麻は顔を上げて琉斗を見た。彼の言う通り、彼の目は絵麻の目よりもずっと高い位置にあり、キリッとした二重の目が優しい光をたたえている。

「それにさっきよりも肌が明るく見えてすごくかわいい」

琉斗が絵麻の耳元で囁いた。絵麻は火が出そうなくらい顔が熱くなる。

「そ、そうかな」

「そうだよ。背筋を伸ばすともっといい。背の高い俺の隣を歩くんだから、もう二度と背中を丸めるな。姿勢がよくなれば、それだけきれいに見えるんだから」

琉斗の手が背中に触れ、絵麻は鏡を見た。背筋をピンと伸ばすと、猫背のときよりも体のラインがきれいに見える。背伸びをしたって、絵麻は琉斗よりも背が低かった。

胸がほわんと温かくなって、絵麻の顔に自然と笑みが浮かぶ。

「ありがとう。なんだか自信が湧いてきた気がする」

「よかった。じゃあ、少し待ってて。服を受け取ってくるから」

琉斗は、店員が絵麻の服を包んでくれているカウンターに向かい、絵麻はディスプレイに近づいた。ピカピカに磨かれたショーウィンドウに反射して、自分の姿が映っている。

まさかスーツ以外のスカートを穿《は》く日が来るなんて。しかもこんなに春らしい色合いのかわいいデザインのものを。

『かわいい。予想以上にかわいくて驚いた』

琉斗の言葉が耳に蘇り、絵麻の頬が勝手に緩む。

(本当にかわいいって思ってくれてた……んだよね)

『俺は嘘は言わない』と言ったときの少し怒ったような照れたような彼の顔を思い出すと、自然と鼓動が速くなる。

(どうしよう……琉斗くんにかわいいって言われると、すごく嬉しい……)

絵麻は胸がドキドキしてたまらず、そっと両手を胸に当てた。

「お待たせ」

琉斗の声がして、彼が紙袋を持って戻ってきた。

「ありがとう。あとでちゃんと払うね」

絵麻の言葉を聞いて、琉斗は笑みを浮かべた。

「俺が絵麻に着てほしくて買ったんだから、気にしなくていい」

「それはダメだよ」

「……わかった。じゃあ、あとでね」

琉斗は言ってフロアを見回した。

「荷物は俺が持っているから、ほかのショップも見てみようか」

琉斗に提案されたが、絵麻は首を横に振った。

「ううん。それより琉斗くんは行きたいところとかやってみたいことはないの？」

「絵麻を喜ばせることならなんでもやりたい」

琉斗の答えを聞いて、絵麻は目を見開いたが、すぐに言葉を返す。

「じゃあ、私が喜ぶよう、琉斗くんがしたいことを教えて」

琉斗は微笑んで右手を顎に当てた。

「そう来たか。じゃあ、最近、映画館で映画を観てないから、絵麻と一緒になにか観たい」

「せっかく大きなシネコンもあるもんね。今はなにをやってるんだろう」

「受付に行ってから考えようか」

琉斗がすっと絵麻の手を取った。絵麻はそっと彼の手を握る。初めて手をつないだときの緊張感とぎこちなさは薄れ、胸の奥がむずがゆいような気持ちだ。

（こんなふうに自然と手を握り合うのが恋人同士なんだ……）

疑似恋愛だということを忘れそうになる。

（ダメダメ、これはやり直しのデートで、私は琉斗くんから大人の色気を学ばなくちゃいけない）

絵麻は本来の目的を忘れないよう、気を引き締めた。そうして歩いているうちにシネコンの受付に着き、琉斗が電光掲示板を見ながら言う。

「今から待たずに見られるのだと……アクション映画か恋愛映画だな。絵麻はどっちが観たい？」

絵麻は壁のポスターに視線を移す。

「私、映画館でアクション映画を見たことないんだ。大きなスクリーンだと迫力がありそうだし、アクションがいいかな。琉斗くんは？」

「意見が一致したな。俺、あの監督の映画が好きなんだ」

琉斗が絵麻を見てにっこり笑った。こうやって意見が一致しただけで嬉しくて、絵麻も自然と笑顔になる。

「じゃあ、決定だな」

琉斗がチケット代を出してくれたので、絵麻は二人分のポップコーンとアイスコーヒーを買った。座席はやや後ろ寄りの中央で、段差になっているため、後ろの人を気にせず座れた。

世界的に有名な人気監督によるその映画は、アメリカの秘密諜報《ちょうほう》組織に所属するイケメン・スパイが主人公だった。謎の犯罪組織への潜入捜査を命じられたイケメン・スパイだったが、それまでずっと駆け引きをしてきたライバルの美貌のスパイとともに、敵の罠《わな》にはまった。絶体絶命のピンチに陥った二人は、一時休戦して手を組む。どうにかピンチを切り抜けた二人は、地下水路を泳ぎ、やっとのことで暗い地下トンネルから脱出した。清々《すがすが》しい朝日に包まれ、二人は感極まって、どちらからともなく唇を重ねた。イケメン・スパイの手が美貌のスパイの革ジャケットのファスナーにかかり、絵麻はゴクリと唾を飲み込む。

(あんなにセクシーなヒロインはどんなランジェリーを着けてるんだろう)

その興味のまま、絵麻はホットなシーンをじっくりと観察した。しかし、いつも命の危険と背中合わせの二人は、中途半端に服を着たまま抱き合い、ヒロインの下着はまったく映らない。

(えぇーっ、参考にならない……)

その点は残念だったが、映画は勧善懲悪、スカッとする展開で、見終わったあとは楽しい気分になっていた。

「おもしろかったねー」

映画館を出ながら絵麻は言った。

「ああ。予想外の人物が裏切り者だったから、驚いたな」

「えっ、私はすぐにわかったけどな~」

「それは食い入るように映画を観てたからだろ?」

「食い入るって……」

絵麻が苦笑すると、琉斗は絵麻の耳に唇を寄せた。

「特に地下トンネルから脱出したあとのシーン」

琉斗の言葉を聞いて、絵麻の頬がサッと赤くなった。

琉斗が言ったシーンは、まさにヒーローとヒロインがこれでもかというくらいいちゃいちゃしていたシーンだ。

「あ、あれは、ヒロインの下着のデザインを見たいと思ったからなの！　あんなセクシーな役の女優さんはいったいどんなランジェリーを着けてるんだろうって気になって！」

「まーた仕事のことを考えてたのか。デート中なのに俺のことを考えてないのは許せないな」

琉斗がふいっと横を向き、絵麻は慌てて彼の腕を掴む。

「ご、ごめんなさい！　でも、ちょっと気になっただけで、ずっと仕事のことを考えてたわけじゃないよ！」

「じゃあ、仕事のことを考えてないときはどんなことを考えてるんだ？」

琉斗がチラリと拗《す》ねたような視線を投げた。その視線を受けて、絵麻はますます頬が赤くなる。

「それは……ちょっと……言えない」

「ふぅん」

相変わらず琉斗が不機嫌そうで、絵麻はもじもじと指先を絡めながら小声で言う。

「なんていうか……その、琉斗くんにかわいいって言われて嬉しかったな……とか、琉斗くんと一緒にいると楽しいな……とか」

「ほんとに？」

琉斗の声が明るくなり、絵麻がチラッと上目で見ると、琉斗は嬉しそうに頬を緩ませていた。今までで一番あどけなく見える表情だ。

（琉斗くんってこんな表情もするんだ……）

大人っぽいとか色気があるとかそんなふうに思っていた彼の意外な一面を見た。それがなんだか嬉しくて、もっと彼のことを知りたいと思う。

「俺も絵麻と一緒にいるとすごく楽しい」

琉斗は絵麻の右手をギュッと握った。それをそのまま持ち上げて、指先にキスをする。指先に触れた柔らかな唇の感触に、絵麻の心臓がドクンと鳴った。

「じゃあ、次は食事に行こうか。なに食べたい？」

琉斗に顔を覗き込まれ、絵麻の鼓動はどんどん高くなる。

「えっと……」

ドキドキして胸が苦しくて言葉が出てこない。そんな絵麻を見て琉斗はふわりと微笑んだ。

「どんなレストランがあるか見てみないとわからないよな。行ってから考えよう」

そう言って手を引いてくれる彼の存在が、どうしようもなく心強くて、嬉しくて……絵麻はこの時間がずっと終わらなければいいのに、と思ってしまった。

第四章　もっと教えて

それから、カジュアルなイタリアンレストランで食事をしてマンションまで車で送ってもらったときには、午後九時を回っていた。絵麻はシートベルトを外したとたん、寂しい気持ちに襲われる。

(楽しい時間って、どうしてこんなにあっという間に終わっちゃうんだろう)

琉斗が帰ってしまう。そう思うだけで、胸がキュウッと苦しくなった。今日はありがとう、と笑って言いたいのに、寂しくてうまく笑顔が作れない。

「絵麻?」

琉斗に名前を呼ばれて、絵麻はおずおずと運転席を見た。

「あの……今日は本当にありがとう」

「こちらこそ。絵麻と過ごせて楽しかった」

「私もすごく楽しかった」

彼といる時間を少しでも引き延ばそうと、絵麻は話を続ける。

「あの、こういう服、本当は着てみたかったけど、似合わないんじゃないかって思って勇気が出せなかったから、琉斗くんが背中を押してくれて本当に嬉しかった」

琉斗はハンドルに右手をかけて絵麻の方に体を向ける。

「店員さんも言ってただろ。背が高いからさらっと着こなせるって。自信持てよ。背が高いのは恥ずかしいことじゃない。胸張って堂々としてろ」

琉斗に言われて、絵麻は思わず「あっ」と声を出した。

「どうした？」

「『背が高いのは恥ずかしいことじゃない』って……高校生のときにも言われたことがある」

絵麻の言葉を聞いて琉斗は左手を伸ばし、助手席のショルダー部分に置いた。椅子ドンされる格好になり、絵麻は首を傾げて彼を見た。琉斗は顔を近づけて、絵麻の目を覗き込む。

「いいかげん気づけよ」

琉斗は焦《じ》れったそうに言った。

「えっと、なにを……？」

「あのときは逆だった」

「あのとき……？」

「コンパウンド」

いきなり英単語を言われて戸惑った。しかし、その単語とこれと似たシチュエーションに思い当たる節がある。

「まさか……」

絵麻は瞬きをして琉斗を見た。落ち着いた茶色の髪はやや長めで、少し目に少しかかっている。その目は羨ましいくらいくっきりとした二重で、ほんの少し下がった目尻が優しげだ……と思った瞬間、絵麻は目を見開いた。

「ジョーくん？　城本くん⁉」

「やーっと気づいたか」

琉斗はハーッと大きく息を吐き出し、右手で前髪をくしゃりと握った。

「えっ、ほんとに？」

絵麻は信じられない気持ちでまじまじと琉斗を見た。

高校生のときの彼はもっと髪が短く日焼けしていて、顎のラインももう少しほっそりしていた。サッカー以外興味がないとでも言いたげなクールな雰囲気で、今みたいな色気なんて微塵《みじん》もなかった。

「そんなっ、でも、どうして？　どうしてもっと早く言ってくれなかったの？」

「もっと早く気づいてくれると思ったんだよ。まさか今まで気づかないなんて、考えもしなかったんだ」

琉斗に言われて、絵麻はようやく気づいた。名字を訊いたときの彼の物問いたげな表情は、絵麻に気づいてほしかったからなのだ。

「琉斗くんは私のこと、すぐにわかったの……？」

絵麻はおずおずと尋ねた。

「ああ。シトロンスイングに入ってきた瞬間、すぐに水谷だってわかったよ。相変わらず猫背で自信なさそうだったしな」

そんなにすぐにわかるなんて、高校二年生のときから変われていないということなのか。

絵麻は電車の中で図らずも彼に壁ドンしてしまい、『ふざけんな』と言われたことを思い出して、心がずしんと重たくなった。

「……ごめんなさい」

絵麻は下唇をギュッと噛《か》んで、視線を落とした。

「そんなに深刻そうに謝るなよ」

絵麻が顔を伏せたままなので、琉斗は絵麻の顔を覗き込む。

「そこまで落ち込むなって。俺ってそんなに存在感が薄かったのかって、がっかりはしたけど、今ちゃんと気づいてくれただろう？　だから、もう気にしてないってば」

琉斗は右手を伸ばして絵麻の顎をすくい上げるように持ち上げた。

「えーま？」

琉斗は首を傾げて絵麻を見た。絵麻の目に涙が盛り上がる。

「あのとき、壁ドンしちゃってごめんなさい。私のせいで身長のことをいじられてごめんなさい。『おジョー様』とか言われて、すごく嫌だったよね」

琉斗が眉を寄せた。彼の表情が険しくなり、絵麻は彼の手から逃れるように体を引く。

「腹が立ったんでしょ？　私に『ふざけんな』ってすごく怒ってた……」

「違う！　あれは絵麻に言ったんじゃない。あいつらに言ったんだ。あいつら……中村と田中だ。お前のことを『王子』だなんて呼んだからだ。絵麻はかわいい女の子なのに、あんなことを言ったから」

「私が……かわいい女の子？」

「そうだろ？」

琉斗に見つめられて、絵麻は戸惑いながら尋ねる。

「……あのときは……私に怒ったんじゃなかったの……？」

「違う。絵麻に怒るわけがない」

琉斗の言葉を聞いて、絵麻の目から涙が零れた。

「お前の方こそあんなふうにからかわれて傷ついたんだろ？　あれ以来、俺を避けるようになった」

琉斗は再び右手を伸ばし、指先で絵麻の涙を拭った。

「私は……私のせいで琉斗くんを傷つけてしまって、もう嫌われちゃったと思ったから……それで、怖くて琉斗くんを避けてしまったの」

「そうだったのか……」

お互い誤解して、卒業までよそよそしく過ごしてしまったことに、十一年経ってようやく気づいた。それは悲しく惜しくて残念で……それでも、彼に嫌われていなかったことが嬉しい。

そんな絵麻の気持ちを代弁するように、琉斗がぽつりとつぶやく。

「長い十一年だったな……」

「うん……」

「やっぱりデートしてよかったな」

「そうだよね。こうして誤解が解けて、また普通に……あのときよりも仲良くしゃべれるようになった」

「それだけじゃない。十一年前は絵麻にしてあげられなかったことができた」

絵麻は首を傾げて琉斗を見た。

「私に？　なにを？」

「絵麻を笑顔にしてあげたかったんだ」

琉斗は懐かしそうに目を細めて話を続ける。

「高二の文化祭のとき、手芸部の展示で来場者にアクセサリー作りを教えている絵麻を見たんだ。すごくいい笑顔をしてた。それなのに、いつもは自信なさそうに背中を丸めてる。そんな絵麻が普段からもっとたくさん笑えるようになればいいのにって思ってた。だから、俺が絵麻に自信を持たせて、笑顔にしてあげたいって」

琉斗の言葉を聞いて、絵麻の胸が切なく音を立てた。

「だから、絵麻は自分で払うと言ってくれたけど、その服は十一年分の俺の心残りを果たすためだと思って、受け取ってほしい」

「琉斗くん……」

「お願いだ」

琉斗の眉を寄せたやるせない表情を見ると、絵麻にはもう断れなかった。

「……わかった。本当にありがとう」

「よかった。もう絵麻は充分自信を持てたよな？」

琉斗は右手で絵麻の頬に触れた。

何度かこうして触れてくれたけれど、絵麻の心はまだ足りない、まだ離れたくないと疼いていた。

絵麻は顔を上げて琉斗を見る。

「まだ……充分には持ててない」

「絵麻はすごくかわいいよ。本心からそう思ってる」

琉斗は優しく笑って絵麻の頬を撫で、手を下ろした。頬から彼の温《ぬく》もりが離れ、絵麻はすがるように彼の指先を掴む。

「絵麻？」

琉斗の男らしい骨張った手が、驚いたように小さく震えた。絵麻はゴクリと唾を飲み込む。

(高校生のときは、なにも言えなかった。自分に自信がなくて、結局ジョーくんを避けたまま卒業してしまった。今日、このまま彼と別れたら、十一年前と同じになる)

せっかく彼に勇気をもらったのだ。いつも不安で自信がない自分から変わりたい。

絵麻は大きく息を吸って口を開く。

「琉斗くんと一緒に過ごして、いいところを引き出してもらえて、自然に背筋を伸ばせた。だけど、言葉だけじゃ、まだ不安なの。もっと、ちゃんと、女性として自信を持てるように、変わりたい」

絵麻は琉斗の指をギュッと握った。

「だから……デートの続きも……教えてほしい」

「……絵麻、それは」

琉斗の戸惑いの言葉を遮るように絵麻は声を発する。

「わかってる。疑似恋愛だってことはわかってるの。だから……最後まで体験させてほしい。この続きもちゃんと教えてほしいの」

「……絵麻」

琉斗が迷うように視線を動かした。

指先だけはつながっているけれど、それじゃ足りない。もっとたくさん彼に触れたい、彼に触れてほしい。

絵麻は焦がれるような切なさに押されて、琉斗を見る。

「お願い。このまま帰らないで」

声が震えた。必死の思いで琉斗を見つめると、彼の手がすっと絵麻の手を握り込む。

「そんな顔をされたら拒めなくなる」

彼が絵麻の耳に唇を寄せ、かすれた声が耳たぶを撫でた。首筋がゾクリと粟立《あわだ》ち、絵麻の声もかすれる。

「拒まないで……」

琉斗の顔が近づいてきて、絵麻はキスされるのかと思ったが、彼は絵麻の頬に自分の頬を押し当て、絵麻をギュッと抱きしめた。

「わかった」

琉斗は腕を解くと、運転席を降りた。助手席に回ってドアを開け、絵麻に無言で手を差し出した。マンションの明かりで逆光になっていて、琉斗の表情はわからないが、握った彼の手は熱い。

絵麻は彼に手を引かれるまま車から降りた。マンションのエントランスでバッグから鍵を取り出し、オートロックを解除する。

（こういうときって……どんな会話をすればいいんだろう。どんな顔をしてればいいんだろう……）

絵麻が右手で鍵を握りしめていたら、琉斗の左手が絵麻の腰に回された。そうして彼の方にそっと引き寄せられる。ぎこちなく寄せた体に琉斗の体が触れ、鼓動がどんどん高くなる。エレベーターで五階に上るにつれて、心臓の音がバクバクと頭に響く。

五〇二号室について琉斗の手が離れ、絵麻は部屋の鍵を開けてドアを引いた。

「あの、どうぞ」

「ありがとう」

琉斗が先に部屋に入り、絵麻は続いて入った。鍵をかけてパンプスを脱ぎ、琉斗の前に立つ。恥ずかしいのと緊張しているのとで、顔が上げられない。

(琉斗くんは……どんな顔をしてるんだろう)

上目で琉斗を見ると、ふわりと彼の胸に抱き寄せられた。

「絵麻」

「は、はい」

絵麻は声がかすれ、彼の腕の中で体が固くなる。

「緊張してる?」

(正直に答えたら、彼がやめてしまうかもしれない)

絵麻は小さく首を横に振った。

「だ、大丈夫」

けれど、口から出たのは上ずった声だった。

「俺も少し緊張してる」

「どうして？」

琉斗の右手が絵麻の頬に触れた。

「絵麻に優しくできるかなって……」

絵麻が見上げた琉斗の顔には、淡く笑みが浮かんでいた。琉斗の手が耳たぶに触れ、髪を梳《す》くようにしながら後頭部に回される。彼が顔を傾け、ゆっくりと近づけてきた。彼が長いまつげを伏せ、絵麻はつられるように目を閉じる。直後、絵麻の唇に彼の唇が重なった。

初めてのキス。琉斗とのキス。

しっとりと触れた彼の唇はとても柔らかくて温かくて、それだけで泣きたくなる。

琉斗の唇が離れ、彼は絵麻の額に自分の額をコツンと当てた。

「大丈夫。すごく優しいよ」

絵麻が囁くと、琉斗は小さく微笑んだ。

「暴走しないように最大限に自制してるんだ」

「自制なんて……」

彼の自制心を吹き飛ばすくらいの魅力が自分にあったら……。

絵麻がそう思ったとき、琉斗が彼女の頬を両手で包み込んで再び唇を重ねた。彼の唇は触れては離れ、離れては触れる。啄《ついば》むような優しいキスを繰り返されるうちに、思考がとろけたようになにも考えられなくなった。絵麻の体から力が抜け、それに気づいた琉斗の唇が彼女の頬に移動する。そのまま首筋に唇を押し当てられ、絵麻は腰の辺りがゾクゾクと震えた。

「あ、の」

絵麻は琉斗のカーディガンの裾を掴んだ。

「なに？」

琉斗は絵麻の髪を掻《か》き上《あ》げ、首筋にキスを続ける。首筋の淡い刺激を受けて、絵麻は喘《あえ》ぐような声を出す。

「シャ、シャワー、浴びない、の？」

「絵麻は浴びたい？」

琉斗の唇が絵麻の首筋をなぞった。

「ふあっ」

驚いて変な声を出してしまい、絵麻は真っ赤になって唇をつぐむ。

「絵麻の匂いがする」

琉斗が絵麻の肩に顔をうずめ、絵麻は身をよじらせた。

「え、やだ」

「甘くていい匂いだ」

琉斗は絵麻の手を掴むと、彼の首の後ろへと導いた。絵麻は映画で見たヒロインのように琉斗の首に両手を回す。直後、また彼と唇が重なった。さっきよりも強く長く唇を押し当てられたが、その感触を堪能する間もなく、滑らかな舌先が唇を割って侵入した。そして丁寧に口内を撫で回される。

「ん……ふぅ……」

次第に艶めかしくなる舌使いに腰が砕けそうで、絵麻は琉斗にしがみついた。すると、琉斗の手が腰から滑り降り、絵麻の膝裏をすくい上げるようにして横抱きに抱き上げる。

突然の浮遊感に驚いて目を開けると、すぐ目の前に琉斗の顔があって、絵麻は自分が彼にお姫様抱っこされているのだと気づいた。

「えっ、りゅ、琉斗くん⁉」

絵麻は反射的に彼の首にしがみついた。

「大丈夫。大切にするから」

肩に触れる彼の胸板も、膝裏に差し込まれている彼の腕も、筋肉質で逞しい。琉斗の優しい囁き声に、彼に本当に大切にされているのだと錯覚してしまいそうだ。

琉斗は絵麻を抱いたまま廊下を抜け、ベッドに片膝をついた。絵麻をそっと下ろして髪を撫でる。ベッドの腰の辺りが沈み、琉斗が絵麻の顔の横に両手をついたかと思うと、唇にキスが落とされた。

彼の唇はさっきよりも熱を帯びていて、絵麻の唇を貪る。溺れそうなキスに意識が奪われかけたとき、彼の手でブラウスのボタンが一つ外された。

「っ……」

ボタンが一つずつ外され、ほてった肌が露《あら》わになる。絵麻の唇を塞いでいた彼の唇が離れて、顎から首筋、鎖骨へと何度もキスを落としながら移動していく。鎖骨のくぼみを彼の唇が這い、くすぐったいようなむずがゆいような刺激につい目線を向けると、上目遣いの琉斗と視線が絡まった。彼の瞳に強い光が宿っていて、それが欲情なのだと気づく。

(でも……〝貧相な胸〟を見られたら……)

かつて沙良に〝貧相〟と形容された体を見られて、琉斗の熱情が冷める瞬間を見るのは怖い。

「あの、電気……消しても、いい?」

絵麻は懇願するように琉斗を見た。

「どうして?」

「だ……って……がっかりされるのは……嫌」

「俺が絵麻にがっかりするわけないのに。まだ自信がないって言うのは本当なんだな」

琉斗は伸び上がるようにして絵麻の唇にキスをした。舌で唇をなぞられ、わずかに開いた隙間から彼の舌が差し込まれる。誘うような動きで舌先を探られ、おずおずと舌先で彼の舌に触れた。

そのとき琉斗の手が背中に回り、ブラジャーのホックがぷつりと外される。

「あ、やっ」

絵麻は悲鳴のような声を上げ、反射的に両手で胸を隠した。けれど、彼の手はブラジャーを押し上げて侵入し、手のひらで小ぶりの胸を包み込んだ。絵麻は泣きそうになる。

「柔らかくて触り心地がよくて……俺の手にちょうどいい」

「でも……大きくない、よ」

「俺が好きなんだからいいだろ」

琉斗は両手で胸の形を確かめるようにしながら、やわやわと揉《も》みほぐす。

「……っあ……んっ……」

ときおり琉斗の手が弾力を確かめるように指先を沈め、肌の上を撫でる。そのたびに自分のものとは思えない甘い声が零れた。それがますます恥ずかしくて、絵麻は右手の甲をギュッと口に押し当てた。

「絵麻。気持ちよかったら、ちゃんと教えて」

彼の声が聞こえたかと思うと、片方の膨らみに柔らかく口づけられて、絵麻はビクッと体を震わせた。直後、生温かい感触が肌を這う。

「ひゃ」

思わず視線を下げると、彼が舌先を尖らせて、絵麻の胸の先端を嬲《なぶ》っていた。突かれ、押しつぶされるうちに、それは赤く色づいて存在を主張する。芯を持ったそれを舌先で弾《はじ》かれた直後、背中をビリッとした痺れが走った。

「やぁぁんっ」

大きな声を出してしまったことが恥ずかしく、絵麻は左手の甲で目を覆った。

「絵麻？」

「やだ、も……恥ずかしい」

直後、ベッドが軋《きし》んで、琉斗が体を離した気配がした。

（あっ……）

絵麻は体温がスッと下がったような気がした。

自分から琉斗にお願いしたのに。自信を持ちたい、変わりたいと思ったのに。面倒くさい女だと思われて、やめられてしまった。

絵麻が不安と後悔に襲われたとき、背中に琉斗の両手が回され、体を起こされた。

「ごめんなさい。お願い。やめないで……」

絵麻は目を開けて琉斗を見た。すぐ目の前にある琉斗が優しい表情で目を細める。

「やめないよ」

琉斗はベッドの縁に腰かけ、絵麻の腰を掴んだ。そうして彼の膝に後ろ向きに座るよう誘導する。

「俺の顔が見えなければ、少しは恥ずかしくなくなるだろ？」

絵麻はおずおずと彼の太ももの上を跨《また》ぐように座った。琉斗が右手で絵麻の左頬に触れ、後ろを向かせる。絵麻が振り返ると、琉斗がチュッと唇にキスをした。彼の両手が脇の下を通り、両方の胸を後ろから包み込む。大きな手のひらに膨らみを持ち上げられ、握られる。彼に正面から見られていないとはいえ、服を乱されたしどけない格好で、自分の胸が揉みしだかれる様はあまりに卑猥《ひわい》だ。思わず視線を逸《そ》らしたとき、彼の指先が尖った先端を弾いた。

「ひぁっ……」

ひときわ大きな声が零れ、下腹部がずくんと痺れる。

「絵麻の肌、俺が触るとピンク色に染まってすごくきれいだ」

耳元で琉斗の声がして、絵麻は小さく首を横に振る。

「い……言わないで……」

「本当にそう思ってるんだよ。絵麻がきれいだってこと、ちゃんと伝えたい。絵麻の不安を消してあげたい」

琉斗は下から包み込むように胸を持ち上げ、両方の突起を指先でつまみ、押しつぶして転がした。そうしながら絵麻の首や肩にキスを繰り返す。彼の手で胸の快感を意識させられたかと思えば、肩にチリッとした淡い刺激が走って背筋が震える。

「……あ……あっ……や……っ」

「気持ちよかったら、ちゃんと教えて。そうしたら、もっとよくしてあげられる」

「……そ、んな……」

「気持ちよくないの？」

琉斗の声が聞こえた直後、耳たぶを口に含まれ、絵麻はビクンと背中を震わせた。

「やんっ」

「変わりたいって言ったのは絵麻だろ。ちゃんと教えて」

耳元で意地悪く囁かれ、両胸の尖りを集中的に攻められて、絵麻の理性がどんどんとろかされていく。

「あ……ん……なんか……体が熱くて……変な感じ……」

「嫌？」

「や、じゃない……気持ち……いい」

恥ずかしいという気持ちは徐々に薄れて、琉斗の手に与えられる刺激だけを感じるようになる。だけど、快感を与えられているのは胸のはずなのに、お腹が奥深くで熱く疼くのだ。

(どうして……)

自分の体の変化に戸惑い、内ももを擦り合わせたくなる。そのとき、琉斗の右手が肌を滑り降りたかと思うと、ロングスカートを捲《まく》り上《あ》げて中に忍び込んだ。その手がショーツの上から脚のつけ根に触れ、絵麻は慌てて声を上げる。

「ひゃ……琉斗くん」

「こっちも触ってほしかったみたいだな。ほら、濡《ぬ》れてる」

琉斗の指先が生地の中に滑り込んだ。彼の指先がぬるりと滑る感覚に、彼の言った通り、自分のそこが潤いを帯びていることがわかる。

「やっ……なんで……」

「感じてるって証拠だ。俺に感じてくれてるんだから、嬉しい」

そうは言われても、自分でも触ったことのない場所を彼の指先になぞられて、羞恥心の方が大きい。

「琉斗くん……」

不安な気持ちで彼の名を呼ぶと、左手でそっと髪を撫でられた。

「俺に任せて。いいね？」

「ん……」

琉斗は絵麻を膝から下ろし、ベッドに横たえた。彼に腰を浮かされショーツをはぎ取られて心《こころ》許《もと》なくなったとき、琉斗が絵麻の両膝を立てて、その間に体を割り込ませた。そうしてその中心に顔を近づける。

「えっ、嘘、やだ」

絵麻は恥ずかしさのあまり琉斗の肩を押したが、がっしりとした彼の体はビクともしなかった。

彼の吐いた息がかかったかと思うと、割れ目に彼が口づけた。

「や、ダメ、そんなとこ……あぁっ」

抗議の声を上げたが、琉斗の舌は割れ目をゆっくりと這った。

「琉斗く……っ……あぁ……」

彼の舌が触れたところが熱くなって、経験したことのないもどかしい刺激に襲われる。それが徐々に強くなって、絵麻は反射的に腰を引こうとした。けれど、絵麻の腰に琉斗の腕が回され、動きを封じられる。

「ああっ」

割れ目を舐め上げた舌先が花弁を開き、花芯を優しくなぞった。濡れた舌で丹念に転がされるうちに、じわじわと快感を覚える。

「ん……ああ……」

絵麻は手を伸ばして琉斗の髪に触れた。そうして指先を彼の髪に絡ませる。

「……ど……しよ……」

「気持ちいい？」

「……ん……」

絵麻は小さく頷いた。彼の舌の動きに翻弄され、とろけるように絵麻の表情が和らいだとき、琉斗がぷっくり膨らんだ花芯にしゃぶりついた。

「あぁっ」

さっきよりも激しい刺激に絵麻の腰が跳ねた。体の奥で熱が生まれ、とろりと溢れ出す。すると、今度はそれを舐め取るように彼の舌が割れ目に押し当てられ、ぬるりと蜜口に侵入した。

「あ、や……んんっ」

舌で愛撫するように艶めかしい動きで中を撫で回され、体の奥の熱が次第に高まっていく。

「すごいな。どんどん溢れてくる」

琉斗が笑みを含んだ声で言ったかと思うと、溢れ出る蜜を音を立てて吸い取った。

「ひあっ」

その刺激だけでもどうにかなりそうなのに、今度は蜜をまとわせた指先を割れ目に押し当て、痙攣して締まるそこにつぷっと差し込んだ。

「ふっ……あぁぁっ」

舌よりも存在感のある指先が浅いところを撫でさする。少しずつ奥へと侵入する指に襞をこすられ、蜜口が琉斗の指を締めつけた。そのせいで彼の指の形を強く感じて、絵麻の体が淫らに震える。

「やだ……なんか……おかしくなりそうで……怖い」

「変わりたいんだろ？　大丈夫だから、怖がらないで素直に感じて」

花芯を舐めしゃぶられると同時に、体の中心を甘く掻き乱され、絵麻は身をよじらせた。与えられる二重の淫らな刺激に、なすすべもなく体が熱くなっていく。お腹の奥底からなにかがせり上がってきて、絵麻は悲鳴のような嬌声を上げる。

「や、ダメ……んっ、あ、あぁっ！」

背筋を電流が駆け抜け、頭まで貫かれたような衝撃に、絵麻はたまらず琉斗の肩を掴んだ。止めようとしても体が勝手に震えて、自分が自分でなくなりそうだ。それなのに、琉斗に腰を掴まれたまま、舌先で嬲られ、追い詰められて目の前が白く染まる。

「ふ、あぁー……っ！」

頭の芯まで痺れてとろけて……なにも考えられなくなった。荒い呼吸を繰り返しているうちに、絵麻は自分が琉斗の腕の中にいることに気づいた。初めての快感に打ち震える体を、いつの間にか彼が抱きしめてくれていたのだ。

(やっぱり、好き……どうしようもなく好き)

得も言われぬ多幸感で、体と心がじんわりと熱い。

絵麻がぼんやりと見上げたら、少し心配そうに見えた彼の顔が柔らかく微笑んだ。

「すごくきれいだ」

彼は絵麻の髪をゆっくりと優しく撫でた。そうして髪にキスを落としたあと、絵麻をそっと胸に抱き寄せる。

快感で溶かされてほてった肌に、服越しに大好きな人の肌が触れて、絵麻はちりちりと胸が焦げるようなもどかしさを覚えた。

これで終わりではない、ということは絵麻にもわかる。こういう状況になったとき、ねだるべきなのか、甘えるべきなのか。

絵麻は彼の胸に包まれたまま、上目で琉斗を見た。

「最後まで……教えて？」

精いっぱいの想いを乗せたその声は、自分でも驚くほど甘かった。琉斗は絵麻の後頭部に手を回して、絵麻の顔を胸に押しつける。

「そんなふうに言われたら、危うく理性が吹っ飛ぶところだったよ」

琉斗の低い声が言った。

「……どういうこと？」

「今の絵麻ならもう疑似恋愛なんて必要ない。充分大人の女性の魅力に溢れてる。絵麻が望んだ通り、変われてる」

琉斗は絵麻の頭をポンポンと撫でて体を起こした。

「どうして？」

絵麻は彼を追うようにベッドに起き上がった。

「絵麻があまりにきれいで魅力的で、疑似恋愛だって忘れるところだった」

「そんな。私は琉斗くんと本当に最後まで――」

したい、と言いかけた絵麻の唇に、琉斗が人差し指を立てて当てた。

「ここから先は本当に好きな男としなさい」

琉斗は絵麻のブラウスの前を合わせると、ベッドから降りて乱れていた服装を軽く整えた。

「でも、私は」

琉斗くんが好きなの、と言いかけ、絵麻は彼の横顔を見て言葉を呑《の》み込《こ》んだ。彼が苦しそうな表情をしていたからだ。

「……絵麻、俺は……絵麻を失いたくないんだ」

好きな人のそんな表情を見て、絵麻も胸が苦しくなる。

（これ以上私がしつこくしたら……もう友達ですらいられなくなる。そういうこと……？）

絵麻は彼を好きでも、彼はそうではないのだ。彼にとって、これは疑似恋愛。絵麻がお願いしたから、経験のない絵麻に、恋愛を疑似体験させてくれただけ。

本当なら面倒であろう処女を相手に快感を教えてくれたのに、これ以上彼に追いすがって迷惑をかけてはいけない。

絵麻は気持ちを切り替えようと、大きく息を吸い込んだ。そうして深く息を吐き出したけれど、心も体も焦がれるように彼を求めていた。そのくすぶるようなもどかしさは何度深呼吸をしても消えない。それが自分だけの想いの強さを表しているようで切なくなる。

だけど、彼には夢のような時間をもらった。

あちこちにキスをされて、かわいいと言われて――これまで男性にあんなふうに大切に扱ってもらったことなんてなかった。それなのに、これ以上、うじうじしてていけない。

絵麻は下着を着け直して服を整えた。ベッドを下りて、背を向けていた琉斗の隣に立つ。

「ありがとう、琉斗くん」

「絵麻……」

琉斗が絵麻を見た。なにかの感情を押し殺そうとしているかのように表情を歪《ゆが》めている。それがなんの感情なのかはわからなかったが、後悔であってほしくない。

絵麻は気持ちを奮い立たせて、努めて明るい声を出す。

「なんかおいしいコーヒーが飲みたくなっちゃった。真梨香さんが教えてくれたドリップバッグのコーヒーがあるから、一緒に飲まない？」

琉斗が迷うように目を動かし、絵麻は笑顔を作った。

「琉斗くんがカクテルを作るほどじゃないけど、私もコーヒーをそれなりに上手に淹《い》れられるんだよ」

さっきまでの熱い時間を忘れたかのように、絵麻はサバサバとした口調で言った。

「絵麻……」

「私だって……琉斗くんを失いたくない。私が無理なお願いをしたからって、友達でいられなくなるのは嫌。琉斗くんとはこれからも友達でいたい」

絵麻はまっすぐに琉斗を見た。彼は眉をギュッと寄せたが、少しして表情を和らげ、小さく息を吐いた。

「わかった。それじゃ、お言葉に甘えてコーヒーをごちそうになるよ」

「うん、少し待っててね」

絵麻はキッチンに入り、電気ケトルに水を入れてスイッチをオンにした。棚からいろいろな種類のドリップバッグが入ったパッケージを出して琉斗に問う。

「お薦めはモカブレンドなんだ。香りが甘くて酸味がまろやかなの。どうかな？」

「絵麻のお薦めなら、それがいい」

琉斗が絵麻の隣に並んだ。絵麻がコーヒーカップを取り出すと、琉斗がドリップバッグをセットするのを手伝ってくれた。

ほどなくして湯が沸き、絵麻はケトルの湯をドリップバッグに丁寧に注ぐ。モカの華やかな香りがふんわりと漂い、琉斗は目を細めた。

「本当だ。いい香りだな」

「でしょ？　味もいいんだよ」

コーヒーが落ち終わり、絵麻はドリップバッグを外してゴミ箱に捨てた。琉斗がカップをローテーブルに運び、二人でソファに座った。けれど、二人ともソファの端と端に座って、決して触れ合わない。部屋の中にはさっきまでの濃密な空気が残っているのに。

「いただきます」

琉斗が言ってコーヒーを一口飲んだ。そうして頬を緩める。

「ほんとだな。俺のカクテルほどじゃないけど、なかなかの腕だ」

琉斗が冗談っぽく言い、絵麻は怒った顔を作った。

「なかなかだなんて失礼ね！」

そう言って声を出して笑いながらも、鼻の奥がつんと痛む。

(ダメ。絶対に泣いちゃダメ。琉斗くんがこの部屋から帰るまでは、どうにか持ちこたえなくちゃ)

絵麻は涙の予感を紛らせようとカップに口をつけた。一口飲んだコーヒーは、いつもよりずっとほろ苦く感じた。

第五章　あなたを想って

翌日の月曜日、絵麻はピアチェーヴォレの自分のデスクで、文字通り頭を抱えていた。目の前にはタブレットとペン、それにたくさんの布地やレース、色とりどりのリボンやストリングの見本が広げられている。

昨日、琉斗と外で過ごした時間は本当に楽しかった。けれど、絵麻の部屋での甘く濃密な時間のあと、琉斗とは友達としてコーヒーを飲んで別れた。

彼女はいないと言っていたが、高校生のときあれだけモテていた彼だ。大人の魅力が加わった今なら、その気になればいつでも、絵麻よりずっと美人でスタイルのいい女性と付き合えるだろうし、もっと熱く満たされた夜を過ごせるだろう。

わざわざ面倒な処女の絵麻を抱く必要なんてないのだ。

(だけど、もし私にもっと大人の色気があったら……。もしかしたら彼はその気になって、最後までしてくれたかもしれない。彼との仲を進展させられたかもしれない)

やはり〝大人デビューブラ〟がコンセプトのカリーナローザ・シリーズでは、そそられないのだろう。

絵麻はタブレットを操作して、ピアチェーヴォレのカタログを表示させた。一番大胆なランジェリーのラインナップであり、〝いい女〟を意味するフィゴーナ・シリーズのページを開く。黒や赤など、目を惹《ひ》く色のレースの生地は肌が透けてものすごくセクシーだ。ストリングを使ったボンテージっぽいデザインのものや、必要最低限の布地しかないようなものは、背徳感があって見ていて気恥ずかしい。自分が着ける姿など、絶対に想像できない。こんな貧弱な体に着けたら、むしろ滑稽かもしれない。

顔を赤くしながらうつむいたとき、真梨香に言われた言葉が耳に蘇った。

『世の中には、きっと絵麻のように自分の殻を破りたいけど破れない、どうやって破ったらいいのかわからないって女性がたくさんいると思うのよ。だから、そういう人たちの代表として、ほんの少し自分が大胆になれるようなランジェリーをデザインしてほしいの。スポーツブラでもなく、品のない透け透けのショーツでもなく』

絵麻はペンを取り上げた。グラフィックデザイン作成ソフトウェアの画面を睨みながら、そろそろと手を動かしてデザイン画を描き始める。

しかし、描き上がったのは、絵麻が着け慣れているカリーナローザ・シリーズを思わせるデザインだった。

（これじゃ、今のままだ。真梨香さんの言う『殻』を破れない）

絵麻は左手で顎を支えながらデザイン画を眺めた。そのとき、目の前にきれいな手が差し出され、ひらひらと揺れる。目線を向けると、真梨香がデスクに腰かけて絵麻を見ていた。

「熱心なのはいいけど、もうランチタイムよ」

絵麻は顔を上げて壁の時計を見た。真梨香が言う通り、すでにランチタイムの十二時を過ぎている。

「いつの間に……」

「うちはブラック企業じゃないんだから、ちゃんと休憩は取りなさい」

その言葉は、仕事とあらば社員に平気で無茶振りをする社長のセリフとは思えず、絵麻は小さく苦笑した。真梨香は絵麻の手元を覗き込む。

「ちょっと見せて」

真梨香がタブレットを取り上げ、絵麻は慌てた。

「あの、すみません。まだちゃんと描けてなくて……」

真梨香はデザイン画を見て、「ん～」と考え込むような声を出した。絵麻自身、ダメだとわかっているので、また酷評される、と首を縮こめた。

「ランチ食べに行こう」

真梨香が唐突に言い、絵麻は瞬きをした。

「はい？」

「うちはブラック企業じゃないって言ったでしょ。ランチ食べに行こう。奢ってあげるから」

真梨香は社長デスクに戻ると、クラッチバッグを掴んでドアに向かった。絵麻は引き出しからバッグを出し、肩にかけて急いで真梨香を追いかける。今気づいたが、社員はみんなランチを食べに出ているようで、オフィスには絵麻と真梨香の二人しかいなかった。

真梨香はエレベーターで一階に下りると、隣のビルの三階にあるカフェに入った。カフェと言っても、絵麻が普段利用するような低価格のチェーン店ではない。店内は広く、壁にはモダンアートが掛けられ、座席はすべてソファという洗練された空間だ。

「ここのパンケーキは絶品なの」

窓際の席に案内された真梨香は、ワクワクした表情でランチメニューの〝サーモンとアボカドのパンケーキ〟を注文した。絵麻は甘いパンケーキにサーモン⁉　と思ったが、大人しく真梨香と同じものをオーダーした。

料理を待つ間、真梨香が絵麻に話しかける。

「金曜日はリュウくんが送ってくれたんでしょ？」

「あ、はい」

「なにか得られなかったの？」

真梨香に訊かれて、絵麻は彼が部屋まで送ってくれたが、絵麻自身ほとんど記憶がなかったこと、さらには吐いたのを彼が介抱してくれたことを説明した。

それだけでなく、彼が朝食まで作ってくれたと聞いて、真梨香は呆れ交じりの声を出す。

「絵麻……結構やらかしたのね」

「はい……」

「でも、彼、優しいわね。やっぱり瑛二《えいじ》さんの甥《おい》っ子《こ》だ」

「瑛二さん……？」

聞き覚えのある名前だったが、誰だか思い出せない。首をひねる絵麻に、真梨香は小さくため息をついて言う。

「瑛二さんはシトロンスイングのオーナーバーテンダーよ」

言われてやっと思い出した。

「あのイケオジの……」

絵麻の言葉を聞いて、真梨香は頷く。

「彼はリュウくんのお母さんの弟なの」

「えっ、そうだったんですか」

二人が叔父と甥という関係だったとは知らなかった。

真梨香は話を続ける。

「瑛二さんとは知り合って十一年になるわ。私がピアチェーヴォレを起業した直後に知り合ったから」

「ほんとですか！　実は私と琉斗くんも十一年来の知り合いなんです。彼は高校の同級生だったんです」

絵麻の言葉を聞いて、真梨香は「え？」と驚いた声を出した。

「いつ気づいたの？　っていうか、バーでは気づかなかったの？」

「気づいたのは昨日なんです……」

絵麻は、きちんと疑似恋愛ができなかったからと、琉斗に改めて日曜日にデートに誘われたことを話した。

「へえ、律儀なのね、彼」

真梨香が言ったとき、ウェイターが白い大きな皿とコーヒーを運んできた。皿にはおいしそうな焼き色のついた数枚のパンケーキに、スモークサーモンとアボカドのスライスがのせられ、フレッシュなサラダも添えられている。

「ん〜、おいしそう。食べながら話しましょう」

真梨香に促されて、絵麻は「いただきます」と手を合わせた。

「それで、デートではどこに行ったの？」

真梨香に訊かれて、絵麻はかいつまんで説明する。

「ショッピングモールに連れていってくれました。そして、私に似合うからってかわいい服を買ってくれました」

絵麻の返事を聞いて、真梨香はニヤリと笑う。

「男が服をプレゼントするのは、脱がせるためなのよ」

「ええっ」

「朝からなんだか絵麻の様子がおかしいと思ってたけど、そっかぁ、脱がされたわけだ。脱・処女、おめでとう！」

「真梨香さん、声が大きいです」

絵麻は頬を赤くして抗議したが、真梨香は素知らぬふりで話を続ける。

「いいじゃないの。おめでたいことなんだから」

「よくないです」

「なによ、まさか結婚するまではバージンでいなきゃダメとか思ってたんじゃないでしょうね？そんなの時代遅れも甚だしいわよ」

真梨香は呆れたように言った。

「違います。脱がせてもらえなかったんです……」

絵麻は小声で答えた。あのときの悲しさが蘇り、フォークを動かす手が止まる。真梨香はパンケーキを口に入れようとしていた手を止め、絵麻を見た。

「つまり……絵麻とデートしておいて、まったくなにもしなかったってこと？」

「そもそもは、私が酔った勢いで『私と疑似恋愛してください！』ってお願いしたから、デートに誘ってくれただけなんです」

真梨香は人差し指を立てて軽く左右に振った。

「違うわね。いくら頼まれたからって、普通、いいなと思わない限り、改めてデートに誘ったりしないわよ」

「きっと私が常連の真梨香さんの部下だから、誘ってくれたんです。彼みたいな人が私のことをいいななんて思うわけがありません」

「絶対にそれは違う。普通なら、吐いても朝まで付き添ったりしない。次の日、朝食を作ったりしない。改めてデートに誘ったりしない」

真梨香はきっぱりと言ってパンケーキを口に入れた。

「じゃあ、やっぱり私にはなにかが足りなかったんですよね……」

「うーんんん……」

真梨香は唸《うな》るような声を出し、ナイフを持った手を顎に当てて顔をしかめた。社長にそんな顔をさせてしまい、絵麻は申し訳ない気持ちになる。

「すみません。その足りないなにかをがんばって探します」

真梨香は切ったパンケーキにフォークをプスリと刺した。

「よし、わかった。早く食べて。見せたいものがあるから」

「え？」

「いいから食べて」

言うなり真梨香はパンケーキを口に入れ、美魔女らしからぬ勢いでもぐもぐと口を動かす。

「絵麻も急いで」

「え、あ、はい」

絵麻はわけがわからないまま手を動かした。パンケーキは柔らかいのに甘くなくて、スモークサーモンとアボカドと合わせてもまったく違和感がない。

コーヒーも香り高くおいしかったが、のんびりする間もなく、真梨香に急かされてカフェを出た。そのままオフィスに戻るのかと思いきや、なんと真梨香は路上でタクシーを停めたのだ。そうして絵麻を促して乗り込む。

タクシーは三十分ほど走り、東隣の東大阪市にある薄茶色の大きな建物の前で停車した。

「帰りもお願いしたいので、ここで待っててください」

真梨香がタクシーの運転手に頼んだ。絵麻はいまだに状況が呑み込めないまま、真梨香と一緒にタクシーを降りる。

その建物の年季の入った鉄製の門には、〝株式会社ナカソエ〟と書かれた真鍮《しんちゅう》のプレートが埋め込まれていた。真梨香は開いている門を通って守衛詰め所に近づいた。中にいた初老の男性警備員が窓を開け、真梨香を見て笑顔になる。

「ああ、福田社長、こんにちは」

警備員が帽子をちょっと持ち上げて挨拶をした。どうやら二人は顔見知りらしい。

「こんにちは。中添《なかそえ》社長はいる？」

「いますよ。内線で連絡しておきます。さ、どうぞどうぞ」

警備員は手をひらひらと振って受話器を取り上げた。絵麻は真梨香が顔パスなことに驚きながら、真梨香に続いて歩道を歩く。

「絵麻は来るの初めてよね。株式会社ナカソエさんはうちのランジェリーを製造してくれている縫製工場よ」

「はい、名前だけは知っています」

真梨香と絵麻が正面玄関に到着したとき、重そうなガラス戸を押して五十歳くらいの男性が出てきた。水色のつなぎを着ていて、白髪交じりのぽっちゃりした男性だ。

「真梨香さん、どうもこんにちは」

男性は人のよさそうな顔でニコニコ笑いながら真梨香と握手をした。

「中添さん、急にお邪魔してごめんなさい。この子はうちの新任デザイン担当の水谷。行き詰まってるから生地を見せてあげたいと思ったのよ」

真梨香に視線を向けられ、絵麻は自己紹介をする。

「水谷絵麻と申します。どうぞよろしくお願いいたします」

「中添です。ははは、真梨香さんの部下らしい真面目そうな感じの子だね」

中添は笑うと、真梨香のアポイントなしの突然の訪問に文句を言うことなく、「さあ、こちらへどうぞ」と長い廊下を歩き始めた。

やがて現れた右手の窓からは、広い工場内が見渡せた。白い大きなテーブルがいくつも並んでいて、それぞれに特殊なミシンやプレス機器などの機械が設置され、三人から四人くらいが縫製作業を行っている。縫製工場といえば中年の女性ばかりというイメージだったが、驚いたことにここでは若い女性や男性の姿もあり、五十人ほどが働いていた。

絵麻がびっくりした顔で足を止めたのに気づき、中添は立ち止まって説明をする。

「初めて来られた方はだいたい驚かれます。うちでは服飾関係の学校や学科を卒業した若い人たちが多く働いているんですよ。グループを作ってグループで作業をすることで、自然とベテランから若手に技術が伝わります。若手はスムーズに技能を習得できますし、ベテランも切磋琢磨《せっさたくま》できます」

「中添さんのところは研修もしっかりしているし、意欲のある人たちが高い品質の製品を縫製しているの。うちのランジェリー以外に、高級ブランドの服も作っているのよ」

「そうなんですね」

感心する絵麻に真梨香が言う。

「中添さんには可能性を見出《みいだ》す目があるの。だから、私がこだわりのランジェリーを作りたくて縫製工場探しに苦労していたときに、中添さんだけはなんの実績もない私の話をちゃんと聞いて、サンプルも見てくれたのよ」

　真梨香の口調に感謝がこもっていて、中添は照れたように頭を掻いた。

「いやあ、僕自身、あのときは親父《おやじ》の後を継いだばかりで、周りに助けられていましたからね。同じように誰かを助けたいと思ったんですよ」

　中添は再び歩き出し、プレートに保管庫と描かれたドアの前で足を止めた。

「こちらに真梨香さんから預かっている生地を保管しています」

　中添はドアを開けて電気をつけた。その広い部屋には何列も棚が並んでいて、たくさんのケースにさまざまな生地のロールが収められている。

「ピアチェーヴォレさんのはこちらです」

　中添は奥の棚に近づき、扉を開けて一つの棚をゆっくりと引き出した。そこには黒やワインレッドから淡い水色、ピンク、クリーム色まで、十五色ほどのシルクのロールが入っている。

　真梨香は得意げな表情になって絵麻を見た。

「これはね、職人さんが特別に手織りしたシルクの生地なの。私が一生懸命通って交渉して、ようやくこれだけ仕入れさせてもらったものなのよ。触ってみて」

　真梨香に言われて、絵麻はおそるおそる見本に指先で触れた。シルク特有のしっとりとした柔らかさがあり、光沢も手触りも繊細だ。

「どう？　いいでしょ？」

「はい」

絵麻は生地の滑らかな手触りと上品な光沢に目と心を奪われ、生地を眺めてため息をついた。

こんな上質な生地で作られたランジェリーは、着け心地もきっとすばらしいだろう。

「私が作りたいのは、女性の体を一番美しく見せてくれる下着なの。補整下着のように無理して整えるんじゃなくて、あるがままの自分を愛せるような下着。目指しているのはアクセサリーのようにおしゃれで、着けて嬉しくなるようなランジェリーなの」

真梨香は隣の棚を引き出した。そこにはたくさんの細い糸を撚《よ》り合わせて作られた優美なリバーレースが収められていた。アイラッシュと呼ばれるまつげのように薄い糸が美しく、持ち上げた真梨香の手が透けて見える極薄の生地だ。

「これはウエディングドレスによく使われているリバーレースの中でも、特に上質で特別なものよ」

真梨香は囁くように言った。絵麻もその美しさに魅了され、うっとりとする。

（ウエディングドレスって……大好きな人に一番きれいに見せたいときに着るものだよね……）

琉斗に一番きれいな自分を見せたい。

そう思ったとき、頭になにかがパッと浮かんだ。ぼんやりとしたものだが、今までは考えつかなかったイメージだ。それを今すぐデザインとして起こしたい。

「真梨香さんっ」

絵麻は泣きそうな顔で真梨香を見た。

「ど、どうしたの？」

「デザイン画を描きたいのに、タブレットを会社に置いてきてしまいましたっ！」

真梨香は一瞬目を見開いたが、すぐに細めた。

「それなら、すぐに帰らなくちゃね。中添さん、どうもありがとう」

「お役に立てたなら光栄です」

中添は笑顔で頷き、絵麻と真梨香を出口まで送ってくれた。タクシーに乗り込んで、絵麻はバッグからメモ帳を取り出した。

ほんの少し勇気を出して、大好きな人に一番きれいな自分を見てほしい。

絵麻は目を閉じて琉斗の顔を思い浮かべた。バーテンダーの制服がとても似合っていた。控えめなバーの照明の下に立つ姿には、ほんのりと大人の色気がある。

そんな彼を誘いたい。

頭にぼんやりとイメージが浮かんで、絵麻はペンを動かした。思いつくままに何枚も描く。

カップにはさっきの繊細なリバーレースをふんだんに使って透け感を演出する。カップが合わさる前土台には上質な細いリボンをあしらう。あるいはカップから後ろに回るバックベルトを三本のストリングにして、安定感をキープしつつ、セクシーさを取り入れる。カップの生地をあえて肌馴染みのいい無地のシルクにして、ドキッとするようなギャップを作る……。

あからさまに誘うのではない。必要なのはほんのりとした大人の色香。絵麻の指先にキスをしたときの琉斗の表情のように。『ちゃんと教えて』と囁いたときの琉斗の声のように。

絵麻が夢中で描いていたら、隣から真梨香の声がした。

「車の中でそんなことして酔わないの？」

絵麻は顔を上げて真梨香を見る。

「わかりません。でも、今はとにかく描きたいんです！」

そう言ってから、絵麻は真梨香が行き詰まっていた絵麻のことを考えて、縫製工場に連れてきてくれたのだ、と気づいた。

ペンを持つ手を下ろして真梨香の方に体を向ける。

「真梨香さん、ありがとうございます。実際にステキな生地を見ることができて、インスピレーションが湧いてきました」

「それでこそ絵麻ね。やっぱり私の見る目に狂いはなかった」

真梨香は満足げに頷いて前を向く。

「ターゲットは絵麻みたいな女性なの。せいぜいあがいて殻を破ってちょうだい」

その美しい横顔を見ながら、絵麻はふと考えた。

（そういえば、中添さんは真梨香さんに敬語で話してたのに、真梨香さんは普段と同じ口調だった）

さすがは真梨香である。社外でも女王様なのかも、と感心しながら、絵麻は再びペンを動かし始めた。

第六章　ＣＳＯの憂鬱

同じ日の朝の大阪市北区。琉斗は愛車のＳＵＶを走らせて、オフィス街の一角にある十階建てのビルを目指していた。アルコール飲料・清涼飲料の大手製造・販売会社、プレミオホールディングス株式会社の本社ビルだ。一九五五年に琉斗の祖父が創業し、現在は父が社長を務めるその会社で、琉斗は二年前の四月から最高戦略責任者《チーフ・ストラテジック・オフィサー》、通称ＣＳＯ兼新規事業責任者として働いている。

やがてガラス張りのビルが見えてきて、琉斗は手前のスロープから地下駐車場に乗り入れた。専用区画に駐車してすぐ、柱の横で待機していた紺色のスーツの男性が近づいてくる。二年前の五月から琉斗の秘書を務めてくれている一歳年下の島永《しまなが》雅也《まさや》だ。

琉斗が車から降りると、雅也がお辞儀をした。

「おはようございます」

「おはよう」

雅也がここで待っているということは、また厄介な事態が発生したのだろう。案の定、雅也が沈痛な面持ちで口を開く。

「すみません、説得しようとしたんですが、楠本さんがCSOにどうしてもコーヒーをお渡ししたいらしく、CSOに渡すまで戻らないと言い張りまして……」

雅也がビル内へと続くドアを開け、琉斗を中に通した。

「そうか」

琉斗は苦い表情になった。雅也が言った楠本とは、琉斗の高二のときのクラスメートである楠本沙良のことだ。二週間前、プレミオホールディングス本社の受付担当社員として、人材派遣会社から派遣されてきた。琉斗が沙良に気づいたのは、一週間前に受付の前を通りかかったとき、彼女が声をかけてきたからだ。

『ジョーくんがプレミオホールディングスの最高戦略責任者だって知ったから、ここに派遣してもらったんだよ！　ジョーくんが御曹司だったなんて、高校生のときは知らなかったなぁ。こうして再会したのもなにかの縁、ううん、運命だよね。昔みたいに仲良くしてね。私のことは沙良って呼んで。ジョーくんのことは琉斗くんって呼んでもいいよね⁉』

いくら同い年で元クラスメートでも、琉斗は経営陣の一員だ。沙良があまりに馴《な》れ馴《な》れしい態度だったので、同じ受付担当の派遣社員が沙良に注意していたが、それでも彼女は気にする様子もなく、琉斗に親しげに接してくる。見かければ必ず「琉斗くん！」と声をかけてくるし、朝、CSO室の前で待ち伏せされるのもこれで三度目だ。注意しても勤務態度が改善されなければ、派遣会社に契約変更を申し出ることも可能なのだが……。

「楠本さんから、『父が病気で入院したから私が家計を支えなくちゃいけないの』なんて聞いてしまったから、無下にできないのが難しいところですねぇ……」

雅也が琉斗の心情を代弁するように言った。

「そうだな」

琉斗はため息をついてエレベーターホールで足を止めた。

琉斗は大学卒業後、プレミオホールディングスに入社して新商品開発部に配属され、新しいカクテルの開発に携わった。入社二年目に地酒を取り入れたカクテルを企画し、その商品化によって顧客層が広がり、プレミオホールディングスの業績が大きく伸びた。その功績が認められて、琉斗は若くしてCSOに就任したのだが、沙良のような態度を取る社員がいれば、琉斗は甘く見られかねないし、CSOの業務に差し障りが出るかもしれない。

そのとき電子音がしてエレベーターのドアが開き、琉斗は雅也とともに乗り込んだ。雅也が十階のボタンを押し、ドアが閉まる。

「もう嘘でもいいから誰かと婚約したことにしたらどうですか？　そうしたら、楠本さんだけじゃなく、CSOのステータス目当てのほかの女性を撃退できると思いますよ」

雅也が冗談とも本気ともつかない顔で言った。

「その誰かが新たなトラブルを招かないとも限らないだろう？」

琉斗が顔をしかめ、雅也はバツが悪そうな表情になる。

「そうですよね。考えが足りませんでした」

ほどなくして最上階の重役フロアに到着した。エレベーターを降りてすぐ、ＣＳＯ室の前に沙良の姿があるのが目に入る。白のブラウスにチャコールグレーのチェックのベスト、同色のスカートという受付の制服姿で、手に紙袋を持っていた。

「あ、おはよう！　琉斗くん」

沙良は琉斗を見つけてかわいらしく手を振った。琉斗は礼儀上、挨拶を返す。

「おはよう、楠本さん」

「んもう、沙良って呼んでって言ったのにぃ」

「楠本さん、ここは会社ですよ。ふさわしい話し方をしてください」

雅也の苦言を無視して、沙良は琉斗に言う。

「今日こそ絶対に受け取ってもらうからね！　自家焙煎《ばいせん》したコーヒー豆を一流のバリスタが淹れたスペシャルブレンドだよ！　すっごくおいしいから、どうしても琉斗くんに飲んでもらいたいの！　受け取ってくれるまでここから動かないんだからねっ」

沙良が頬を膨らませて紙袋を差し出した。だが、琉斗は受け取らずに淡々とした声を出す。

「先週も言ったけど、朝、俺にコーヒーを淹れるのは秘書である島永くんの仕事だから」

琉斗の冷たい口調にひるむことなく、沙良はにっこり微笑んで言う。

「細かいことは気にしなくていいじゃない」

「細かい？　だが、仕事では細かいミスが業績を左右することもあるんだぞ」

「も～、琉斗くんってば真面目なんだからぁ！　たったの六百円のコーヒーなんだから。島永くんだって仕事が減ってラッキーってくらいの気持ちだよ」

沙良はあはは、と笑った。

「楠本さん」

「〝沙良〟だよ」

しつこい言葉を聞き流し、琉斗は低い声で話を続ける。

「お父さんが入院して、君が家計を支えなければいけないんだろう？　たったの六百円なんて言わないで、お父さんのために使ってあげてくれ」

「でもぉ、私は琉斗くんに飲んでほしいんだもん」

沙良は紙袋を琉斗のスーツの胸に押しつけた。絶対に引かない、と言いたげに琉斗を見る。琉斗はため息をついて紙袋を受け取った。

「嬉しい！　やっと受け取ってくれた！」

沙良は胸の前でパチンと両手を合わせた。琉斗は雅也に紙袋を渡し、左の手のひらを沙良に向ける。

「なぁに？」

沙良は琉斗の手に右手をのせた。琉斗は彼女の手をひっくり返して手のひらを上に向かせると、ポケットから出した白い封筒を握らせた。

「えっ、なに？　手紙？」

沙良は嬉しそうに封筒を胸に抱きしめた。

「あとで読んでくれ」

琉斗は言ってオフィスのドアを開けた。彼に続いて雅也も部屋に入り、ドアを閉めて困惑顔でコーヒーカップが入った紙袋を持ち上げる。

「えっと……これ、どうしましょう？」

「島永くんが飲むといい。一流のバリスタが淹れたスペシャルブレンドだそうだ」

「はぁ、じゃあ、遠慮なく。ところで、楠本さんに渡したあの封筒、なにが入ってるんですか？　ラブレター……ではないですよね？」

琉斗は窓を背にした重厚なデスクに近づき、ビジネスバッグを置いてゆったりとしたチェアに腰を下ろした。

「次、勝手にコーヒーを買ってきたら人材派遣会社に報告するという警告の手紙とコーヒー代だ」

雅也は感心したように大きく頷いた。

「なるほど！　直接お金を渡しても受け取りそうにないですもんね。これで諦めてくれるといいんですけど……。ＣＳＯに二回もきっぱり断られたのに、懲りないというかめげないというか……。その情熱を仕事に注いでくれればいいのに。いくら美人でもああいう身勝手で押しの強い女性は、僕も遠慮したいですね。付き合ったらめんどくさそうです」

「そうだな。裏表もありそうだし」

「彼女、僕の前任の秘書に似てる気がしますね。仕事の連絡と称して、ＣＳＯの自宅まで手料理を持って押しかけてきたんですよね？」

「ああ」

琉斗は思い出して苦い表情になった。その出来事が原因で、秘書を男性である雅也に替えてもらったのだ。

「ＣＳＯの周りには肉食系の女性が多いですよね。まあ、ＣＳＯの場合、イケメン御曹司、クールな次期社長、エリートＣＳＯ……って、恋愛小説のタイトルにぴったりの肩書きがいくつもありますから、肉食女子に狙われるんでしょうねぇ」

雅也は琉斗の顔が不機嫌そうになったのに気づき、「すみません、おしゃべりが過ぎました」と首を縮こめた。続いて小さく咳払いをして、デスクの上のトレイを手で示す。

「こちら、今朝までに届いていた手紙です。それから、明日の会議で必要な資料を作成しておきましたので、確認をお願いいたします」

「ありがとう」

「では、コーヒーを淹れてきます」

秘書がオフィスを出ていき、琉斗はトレイに手を伸ばした。親展と印字された手紙を開封しながら、昨日別れた絵麻のことを思う。

高校生のときの絵麻はほっそりとしていて背が高く、肩より少し長いサラサラのストレートヘアが目を惹いた。けれど、なぜかいつも猫背でいるため、モデルにでもなれそうなせっかくのスタイルが台無しだった。口数も少なく控え目だったため、琉斗自身、ほとんどしゃべったことはなかった。だが、文化祭のとき、琉斗がたまたま手芸部の展示・体験コーナーを通りかかったら、絵麻は驚くほど生き生きとした表情で、来場者にアクセサリーの作り方を教えていたのだ。

純粋で、心からの楽しげな笑顔。高校生という年齢に不相応な媚《こ》びた笑顔を向けられてばかりの琉斗に、絵麻の笑顔は清々しいほどまぶしかった。それなのに、普段の彼女は存在を消そうとするかのように大人しい。そんな絵麻がどうしても気になって、文化祭のときのあの笑顔をもう一度見たいと思った。そんな気持ちから、カーテンの中で泣いていた絵麻に話しかけたこともあったが……最後は彼女に避けられ、おまけに三年生では別のクラスになって、それっきり縁が切れてしまった。

琉斗は絵麻に避けられることになった出来事を思い出す。

あれは、三学期の期末テストの初日だった。帰りの電車の中でドア横の壁にもたれて単語カードを見ていたら、誰かが乗り込んできた。視界の端に同じ学校の女子の制服が入り、チラッと顔を上げると絵麻がいた。目が合って軽く会釈をすると、彼女は頬を染めて小さく頭を下げた。

なにか声をかけようかと思ったとき、絵麻が琉斗の前で足を止めた。彼が単語カードを持っているのに気づいて、声をかけてくる。

「明日の英語の勉強？」

珍しく彼女の方から話しかけてきた。透き通った高い声が少し震えているのは緊張しているからだろうか。その緊張が伝染したようで、琉斗も少し固くなりながら答える。

「一応な」

そのときアナウンスが流れて、閉まりかけたドアから男子生徒が二人飛び込んできた。同じクラスの中村と田中だ。同じクラスになったばかりの四月、二人は琉斗が背が低いことをからかってきたことがあった。しかし、琉斗が思いっきり冷ややかな目で睨んだら、それっきりなにも言ってこなくなった。

人の容姿をいじることを会話のネタにするようなやつらに話しかけられたくなくて、そのまま前を向いた。目の前では、絵麻が鞄から単語帳を出している。

英語の勉強をするつもりなのだと思って、琉斗はちょうど彼の単語カードに表示されていた英単語を読み上げた。

「コンパウンド」

単語の後ろにアクセントを置いた琉斗の声を聞いて、絵麻が彼を見た。

「覚えた？」

琉斗が訊くと、絵麻は記憶を辿《たど》るように斜め上を見て答える。

「化合物？」

絵麻の答えを聞いて、つい笑みが込み上げた。間違えやすいところだ。

「ハズレ」

「え⁉」

「アクセントが後ろに来たら動詞だから、〝混ぜる〟とか〝調合する〟って意味になる。名詞のときは前にアクセントがあるって授業で習ったぞ」

「あ、そうだった気がする……。ダメだぁ、もっとちゃんと勉強しないと」

絵麻が眉尻を下げて言った。その困ったような表情に、不思議と守ってあげたいという気持ちが湧いてくる。彼女の笑顔を見たいと思っていたが、困り顔もかわいいな、と思ったとき、電車がカーブに差しかかって大きく揺れた。

「あっ」

絵麻がバランスを失って両手を壁につき、琉斗は彼女に顔を囲われるような態勢になった。ほんの二十センチほど前に、ずっと気になっていた女の子の顔がある。

「あ、ご、ごめ……」

絵麻が顔を赤くして体を起こそうとしたとき、中村と田中がからかうような声を出した。

「きゃっ、見て、壁ドンよぉっ」

中村が大げさな仕草で頬に両手を当て、田中がおもしろがって言う。

「あの身長差はお似合いだな。水谷王子、おジョー様にキスしろよ」

絵麻はさらに顔を赤くして壁から手を離し、座席のポールに掴まってうつむいた。

「ご、ごめんね」

か細い絵麻の声が聞こえて、琉斗の頭に血が上った。背が高いことにコンプレックスを抱いている絵麻に、〝王子〟だなんて。彼女はかわいい女の子なのに。

その怒りに押されて、琉斗の声は怒り交じりの低いものになる。

「ふざけんな」

二人の男子に詰め寄ろうとしたとき、絵麻の震える声が耳に届いた。

「ほんとにごめんなさい」

お前は悪くない、と言った琉斗の声を、中村の聞こえよがしの大声が掻《か》き消《け》す。

「やっぱり自分よりでかい女は無理だよなぁ。男にもプライドってもんがあるし。ジョーより背の低い女子って言えば楠本くらいか。あいつ、かわいいから、狙ってる男子多いんだぞ」

「くだらない。俺は自分より背が高いとか低いとか、そんな理由で人を好きになったりしない」

そう言い捨てて車内を見回したが、そのときにはもう絵麻の姿はなかった。彼女が電車を降りたことに気づいたのは、ドアが閉まって電車が動き出したあとだった。

あれ以来、絵麻は話しかけてもまったく琉斗と目を合わせなくなった。

長身がコンプレックスだった彼女にとって、背の低い琉斗がそばにいれば、余計にコンプレックスを感じるのだろう。

それ以上彼女を傷つけまいと、琉斗は絵麻に話しかけるのをやめた。


琉斗は手に持っていた手紙をデスクに置き、大きく息を吐き出した。

沙良につきまとわれるのに辟易《へきえき》として、今まで気分転換のためにそうしてきたように、金曜日、叔父のバーを手伝いに行った。無心でカクテルを作り、それを楽しむ客の姿を見るのは、いいリフレッシュになる。

中学生の頃、なかなか背が伸びないことに悩んでいた琉斗に、『人にはいろんな面があるのに、身長だけで人間を判断しようとするやつこそ、自分を恥じるべきだ』と言ってくれた叔父は、母の弟であり、人生の大先輩でもある。

そんな叔父のバー、シトロンスイングで絵麻に再会した。十一年ぶりだったのに、すぐに彼女だとわかった。高校生のときと同じように自信なさそうに背中を丸めていたからだ。そんな絵麻を見た瞬間、十一年前の気持ちを思い出した。

絵麻との縁が切れてから、告白されて何人かの女性と付き合ったが、絵麻のように純粋に笑う女性にも、庇護《ひご》欲をかき立てられる女性にも出会わなかった。心を洗ってくれるような絵麻の笑顔をもう一度見たい。そのためにはどうにか彼女に自信を持ってほしい。そんなふうに高校生のときと同じ焦りにも似た切なさを覚えたのに、絵麻は琉斗に気づいていなかった。

おまけに、やっと気づいたと思ったら、絵麻は彼を疑似恋愛の相手としか考えていなかったのだ。

『もっと、ちゃんと、女性として自信を持てるように、変わりたい』

『だから……最後まで体験させてほしい』

頬を紅潮させ、目を潤ませながら、あんなふうに言うなんて反則だ。あやうく自制心を失いそうになった。

彼の手で少しずつ色づき、膨らんでいく蕾《つぼみ》のような愛らしさ。本当は最後まで抱いてしまいたかった。だが、ただの疑似恋愛の相手として絵麻の初めての男になりたくなかった。それに、最後まで経験した絵麻に、用済みだと思われたくなかった。

だから、あのままコーヒーを飲んで、何事もなかったかのように絵麻の部屋を出た。自分の気持ちを抑えることに精いっぱいで、連絡先を訊かなかったのが悔やまれてならない。

(絵麻はまたシトロンスイングに来るだろうか)

そうしたら、今度こそ連絡先を訊こう。

だが、もし来なかったら?

マンションの部屋まで訪ねていくのは図々しいだろうか。なにか理由をつけて……と考えたとき、ふと嫌な考えが頭をよぎった。

（昨日、俺が断ったせいで、絵麻がほかの男と最後まで疑似体験しようとしたら？）

あんなに仕事熱心な絵麻に、琉斗と同じく庇護欲をかき立てられた男が迫ったら……？

焦りを覚えたとき、ドアがノックされた。

「コーヒーをお持ちしました」

雅也の声が聞こえ、琉斗は咳払いをした。

「どうぞ」

ドアを開けて入ってきた雅也が、琉斗のデスクにコーヒーを置く。

「やはり楠本さんの件でお悩みなのでしょうか？」

琉斗の手が止まっていることに気づき、雅也が尋ねた。琉斗は手紙を一通すら読んでいなかったことを思い出す。

「いや、金曜日に再会した高校の同級生のことを思い出していたんだ」

「女性ですか？」

「ああ」

「どんな方なんですか？」

雅也に問われて、琉斗は絵麻のことを考えながら答える。

「純粋で控え目で……仕事熱心。好きなことにまっすぐな女性だ」

琉斗の言葉を聞いて、雅也の表情が明るくなった。

「ＣＳＯの周りにいないタイプじゃないですか！　その方に偽婚約者になってもらえば、楠本さんの件は解決しませんか？」

雅也に訊かれて、琉斗は首を横に振る。

「いや。彼女は俺のことになかなか気づかなかったんだ。それにシトロンスイングで再会したから、俺をバーテンダーだと思っている」

「まだ偽婚約者になってくれと頼めるような関係じゃないってことですか……」

雅也は残念そうにつぶやいた。

「俺は彼女と偽の関係になりたいとは思っていない」

琉斗はきっぱりと言って、頭を仕事モードに切り換えた。

第七章　友達の距離

その週の土曜日。絵麻は朝食代わりにフルーツジュースを飲んだきり、昼までベッドでゴロゴロしていた。

　デザイン画に真梨香からＯＫが出たのは火曜日。それからは怒濤《どとう》の勢いで日々が過ぎていった。

　型紙《パターン》を起こすパターンメイキング担当社員と一緒にパターンを制作し、それをもとにサンプルの布を裁断して、ボディやトルソーと呼ばれる人体模型に合わせながら、トワルと呼ばれる見本を作成した。３Ｄの作図ソフトウェアを利用している社員もいるが、絵麻は自分の手で布や糸に触れる方が好きなためだ。それからトワルをもとに、修正すべきところがあれば型紙を修正して、ようやく試作品の製作段階にこぎ着けた。ここからは縫製工場の仕事で、真梨香が中添に試作品の製作を頼んでくれたのが昨日だ。

　試作段階まで辿りつけたことがとても嬉しくて、昨日は興奮してなかなか寝つけなかった。今、なにもしないでぼんやりと寝転がっているのがたまらなく幸せで、絵麻は温かなベッドの中で目を閉じる。

連日、残業をしてがんばったので、今日はのんびりしようと寝返りを打ったとき、スマホがメッセージの着信音を鳴らした。

コンセントの近くで充電しているスマホに手を伸ばすのすら億劫《おっくう》で、そのまま放置する。

(今日は惰眠を貪ってやる)

そんなことを思いながらウトウトする。そうやって寝たかどうかわからない時間を過ごしていたら、今度はインターホンが鳴った。絵麻は眠い目をこすりながら起き上がる。土曜日の昼間にインターホンを鳴らすような人は……宅配便の業者くらいだろう。

絵麻はのろのろとベッドから下りてインターホンの通話ボタンを押した。眠そうな声で「はい」と応じたところ、呆れ交じりの女性の声が聞こえてくる。

「なぁに、絵麻。まだ寝てたの？」

真梨香の声だ。絵麻は一瞬にして眠気が吹き飛んだ。

「ええっ、真梨香さん⁉　ど、どうしたんですか？」

「絵麻が疲れてるだろうと思って、ランチを買ってきてあげたのよ」

「それは……ええと……ありがとうございます……？」

突然来られたことに戸惑いながらひとまず礼を言ったら、不満そうな声が返ってきた。

「だから、早く開けてちょうだいってば」

「あ、はい、すみません……」

絵麻はオートロックの解除ボタンを押した。それから自分がまだパジャマ姿だったことに気づく。

（は、早く着替えないと！）

クローゼットを開けて、白のスキッパーシャツと黒のパンツに着替えた。いくら休日とはいえ、社長を迎えるのだ。大急ぎで顔を洗い、髪をまとめたところで部屋のチャイムが鳴った。

「は、はい！　お待ちください！」

急いで化粧下地を塗り、必要最低限のメイクをして、玄関ドアに駆け寄った。

「お、お待たせしました」

ドアを開けると、白い紙袋を持った真梨香が腕を組んで立っていた。透け感のある黒のブラウスにグレーのロングカーディガン、ギンガムチェックのクロップドパンツという格好だ。

真梨香は、いかにも必死で準備しました、という絵麻の様子を見て、呆れた声を出す。

「やっぱりねー。メッセージを送ったけど既読にならないから、寝てるんだと思ってたわ」

真梨香の言葉を聞いて絵麻はハッとした。ウトウトする前にスマホに届いたのは真梨香からのメッセージだったのか。

（これからはメッセージはすぐに確認しよう）

絵麻は猛省しながら真梨香を中に通す。

「どうぞ……」

社長が来るとわかっていたらもっと片づけておいたのに、と慌てながら、絵麻は乱れていたベッドを整え、ローテーブルの上に散らばっていた雑誌や小物を片づけた。

「じゃ、お茶淹れてくれる？　春御膳弁当がおいしそうだったのよ」

真梨香はデパ地下の有名総菜店の紙袋をローテーブルに置いた。絵麻は急いでキッチンに行き、電気ケトルをセットして、緑茶のティーバッグとマグカップをローテーブルに運んだ。それを見て、真梨香が首を軽く左右に振る。

「絵麻ってばインスタントのコーヒーを飲んでたかと思えば、お茶はティーバッグなのね。今度、おいしい茶葉を教えてあげる」

「でも、このティーバッグ、手軽だし味も充分おいしいですよ」

「お茶も鮮度が大切なの！」

真梨香がぴしゃりと言った。豆から挽《ひ》くのが大変なら、せめてドリップバッグのコーヒーにしなさい、と彼女にお説教されたときのことを思い出し、絵麻は言葉を挟む。

「あ、ええと、お湯が沸いたみたいなんで！　ケトルを取ってきますね！」

そうして逃げるようにキッチンに行き、ケトルを持って戻る。

「すみません、今日はこれでお願いします」

ティーバッグをセットしてお湯を注ぎ、マグカップを真梨香の前に置いた。

「ティーバッグで、しかもマグカップなんて……。雰囲気が台無し。せっかくの春御膳弁当なのに」

真梨香はブツブツと零していたが、絵麻が小皿を出して「お茶が出終わったティーバッグはここに置いてくださいね」と言うと、諦めたように息を吐いた。

「仕方ないわね。今文句を言っても変わらないもの。じゃあ、食べましょ」

真梨香が紙袋から弁当を取り出し、それぞれの前に置いた。タケノコご飯、桜エビと春キャベツのおひたし、サワラの西京焼き、タラの芽の天ぷらなど、旬の食材をふんだんに使った豪華な弁当に、絵麻は急に空腹を覚えた。

「今週はずっと忙しかったからね。ねぎらってあげようと思ったのよ。さあ、どうぞ」

真梨香に促されて、絵麻は「ありがとうございます。いただきます」と手を合わせた。

最初に箸を入れたタケノコご飯は出汁《だし》の香りが高く、油揚げのコクがあって、タケノコのシャキシャキした食感が絶妙だ。疲れた体と心が癒やされていくような味わいだ。

「すごくおいしいです～」

絵麻が感動して言い、真梨香は目を細めた。

「絵麻は本当によくがんばったもの」

真梨香の優しい言葉に、絵麻は胸がじぃんとする。

「ありがとうございます」

「でも、たった一つのデザインで試作にこぎ着けただけで、満足しないでよね」

「はい、もちろんです」

「これからはほかの三人にも負けないようなデザインをどんどん出してもらわないと」

真梨香に釘《くぎ》を刺すように言われて、絵麻はほかのデザイン担当者の顔を思い浮かべた。みんな絵麻より年上でデザイン経験も長い。服飾系の専門学校出身の女性もいたはずだ。

「が、がんばります……」

プレッシャーを感じながらもそう答える絵麻を見て、真梨香は満足そうに微笑みながら箸を進める。

「これでデザインの幅を広げられるし、ターゲット層も拡大できそうよ。これからもよろしくね。そのための応援は惜しまないから」

なんだかんだと厳しいことを言いながらも、真梨香はこうやってしっかりと部下の面倒を見てくれる。容姿、行動力、センス、カリスマ。そのどれを取っても、すごい人だと思う。

(真梨香さんが社長だから、ピアチェーヴォレは今まで成長してきたんだ……)

絵麻はこれからも社長についていこう、と気持ちを新たにしながら、春御膳弁当をおいしくいただいた。


それから食後にドリップバッグのコーヒーを飲んだあと、真梨香は「ちょっと寝かせてちょうだい」と言って、絵麻のベッドに潜り込んだ。

「昨日は遅くまで中添さんと打ち合わせをしてたから、寝不足なのよ」

真梨香は大きなあくびをして、ブランケットを肩まで引き上げた。

絵麻は昨日、午後から真梨香の姿が見えなかったことを思い出した。

「昼過ぎからずっと中添さんのところにいらっしゃってたんですか？」

「そうよ。あなたのデザインを早く試作品にしてほしかったからね」

「そうだったんですか……ありがとうございます」

またもや感激して胸を熱くする絵麻に、真梨香はぴしゃりと言う。

「ちょっと黙ってくれないかしら。本当に眠いんだから」

「あ、すみません……」

絵麻が謝ってほどなくして、真梨香は寝息を立て始めた。

（そんなに眠かったのに、わざわざお弁当を買って様子を見に来てくださったんだ……）

こういう情が深いところがあるから、真梨香はピアチェーヴォレの社員に慕われ、中添たちにも好かれているのだろう。

絵麻はマグカップとお弁当のゴミを片づけてソファに座った。あれだけ寝たにもかかわらず、お腹がいっぱいになったせいか、眠っている真梨香を見ているうちに眠たくなってきた。

（真梨香さんもしばらく起きそうにないし……）

絵麻はクッションを抱えると、ソファにごろんと横になった。

それからどれくらい経ったのか。絵麻はインターホンの音で目を覚ました。目をこすりながらスマホの時刻を確認したら、午後二時を過ぎていた。ベッドの方を見ると、真梨香はまだ眠っている。

絵麻は真梨香を起こさないようにと、急いでインターホンの通話ボタンを押した。そして声を潜めて応答する。

「はい」

「城本です。突然訪ねてごめん。連絡先を訊いてなかったから……」

琉斗の声が聞こえて、絵麻の心臓が大きく跳ねた。

「えっ、琉斗くん!? どうしたの？」

「シトロンスイングの近くにパティスリーがオープンして、そこのケーキがおいしかったから買ってきたんだ。一緒に食べたいな、と思って」

「ケーキを？」

「……ああ。でも、それは口実だな。今週、シトロンスイングに絵麻が来なかったから、どうしてるかなと思ったんだ」

（琉斗くん……）

自分から『これからも友達でいたい』と言ったのに、やっぱり彼の声を聞くと切なくて泣きそうになる。きっと今、彼への恋心がダダ漏れになっているに違いない。そんな顔を見られたら、気持ちを悟られてしまう。真梨香が来ていることを理由に断ろうと思ったとき、突然すぐそばで当の真梨香の声がした。

「あら、リュウくん！　いいわよ、どうぞ入って！」

いつの間に起きてそばに来ていたのか、真梨香はオートロックの解除ボタンを勝手に押した。

しかし、スピーカーから琉斗の戸惑った声が返ってくる。

「ええと、真梨香さん、ですか？　真梨香さんがいらっしゃるなら俺は今日は遠慮しておきます、と言う琉斗の声に真梨香の声が被さる。

「気にしないで入ってきて！　絵麻もケーキ食べたいって言ってるから」

「……では、お邪魔します」

琉斗の声が聞こえて、通話が切れた。

「真梨香さん、いつの間に起きたんですか!?　って、それより、私、ケーキ食べたいとか一言も言ってませんけどっ」

思わず絵麻は真梨香に詰め寄ったが、真梨香は右手を腰に当てて言う。

「話し声で目が覚めたの。それより、まさか絵麻は、せっかく来てくれたリュウくんを追い返すつもりだったわけ？」

「え？　いえ、あの……」

絵麻は答えに困って声が小さくなった。

「とにかくもう入ってもらったんだから、いいじゃないの。おいしいコーヒーを淹れてちょうだい」

真梨香ににっこりされたが、絵麻は青ざめて両手を頬に当てた。

「ど、どうしよう」

絵麻は慌てて洗面所に走った。歯磨きをして、無造作にまとめていた髪をブラッシングして丁寧にまとめ直し、よれていたメイクも直す。そんなことをしている間に琉斗が部屋の前に着いたらしく、部屋のチャイムが鳴った。

「は、はーい！」

絵麻が玄関に向かって声を張り上げた直後、真梨香が絵麻の前を素通りして玄関ドアを開けた。

「リュウくん、いらっしゃい」

「真梨香さん、すみません。本当にお邪魔じゃなかったでしょうか？」

「いいの、いいの。ランチを食べ終わってヒマしてたところだったから」

真梨香が琉斗を招き入れた。今日の彼は白のVネックカットソーにチノパンという格好で、ケミカルウォッシュのデニムシャツを羽織っている。今まで見た中で一番カジュアルだが、それが爽やかでよく似合っている。

「あ、え、えと、こんにちは、琉斗くん」

「こんにちは」

琉斗は絵麻を見て口元に笑みを浮かべた。

「休日なのに出勤するみたいな格好なんだ」

「ま、真梨香さんが朝、急に来たから……慌てて着たの」

絵麻の小声を聞いて、真梨香が言葉を挟む。

「あれは朝じゃないわ。昼すぎ。絵麻がグータラなのよ」

「グータラって！　だって、今週は仕事をがんばって疲れてたんです！」

「『今週は』ってことは先週はがんばってなかったってこと？　え、じゃあ、先々週は？」

上司に揚げ足を取られ、絵麻は情けない顔になる。

「真梨香さん～」

真梨香は声を出して笑い、琉斗に向き直った。

「こんなところで立ち話もなんだから、どうぞ座って。絵麻にコーヒーを淹れてもらうから」

真梨香が琉斗をソファの前へ案内し、絵麻はキッチンに入った。ケトルに水を入れて湯を沸かし、ドリップバッグのコーヒーを淹れていたら、キッチンのドア横の壁が軽くノックされた。振り向くと琉斗が立っている。

「手伝うよ」

「ありがとう。あとは運ぶだけなんだけど」

「ケーキは絵麻と真梨香さんで食べて」

「あ、そっか。真梨香さんが来てるって思わなかったよね」

琉斗がコーヒーカップを二つ持ってくれたので、絵麻は残りの一つとケーキ皿を運んだ。真梨香がソファに座っているので、絵麻は琉斗とともにフローリングにクッションを置いて座った。

絵麻がケーキボックスを開けると、イチゴがたくさんのったタルトと、抹茶とホワイトチョコレートのムースが二層になったケーキが入っている。

「わあ、おいしそう！　真梨香さんはイチゴと抹茶、どっちがいいですか？」

「私は抹茶の方がいいわ」

真梨香がボックスを覗いて答えた。

「じゃあ、琉斗くん、イチゴのタルトを半分こしよう」

「いや、絵麻が一人で食べていいよ」

絵麻は首を左右に振った。

「ううん、せっかくおいしそうなケーキだもん。一緒に食べた方がきっともっとおいしいよ」

絵麻はそれぞれのケーキを皿にのせると、ナイフを使ってタルトを半分に切った。絵麻がタルトののった皿を琉斗の前に置き、彼が微笑む。

「そうかもしれないな。ありがとう」

そんな二人のやりとりを見て、真梨香が思わせぶりに微笑んで言う。

「あら、私に遠慮なんかしないで、『あーん』ってやってくれていいのよ？」

絵麻は頬を赤らめながら真梨香を見た。

「や、私たち、別にそういうことをする関係じゃ……」

「そう？　友達同士で食べさせ合っちゃダメなんて決まりはなかったと思うけど？」

真梨香にとぼけたような口調で言われ、絵麻はますます顔が熱くなり、それをごまかすようにフォークに手を伸ばした。

「さ、さっそく食べようかな。琉斗くん、ありがとうね。いただきます」

「どういたしまして。いただきます」

隣では琉斗も同じようにフォークを取り上げた。絵麻は一口サイズに切ったタルトを口に入れる。

「ん！　すごくおいしい！」

イチゴの爽やかな甘酸っぱさが口の中に広がり、甘さ控え目のカスタードクリームとサクサクのタルトが好相性だ。

「ほんとね。こっちのケーキもおいしいわよ。抹茶のほどよい苦みがホワイトチョコレートとよく合ってる」

真梨香が感心した口調で言い、琉斗はにっこり笑った。

「お口に合ってよかったです」

絵麻は琉斗を見て言う。

「こんなにおいしいケーキのお店が近くにできたなんていいね！　なんて名前のお店？」

「モン・トレゾーって名前だよ。もともとは神戸の住宅街にあったパティスリーなんだけど、大阪駅と天王寺駅の近くにも出店したんだ」

「今度シトロンスイングに行った帰りに買ってみよう。あ、でも、帰りじゃもう閉店してるかなあ？」

「パティスリーは閉店時間が早いからね」

絵麻はもう一口タルトを口に入れて、うっとりとする。

「あー、一週間がんばったご褒美の味がするぅ」

「仕事、大変だったの？」

琉斗に訊かれて、絵麻はケーキを食べる手を止めた。

「大変……ではなかったかな。やっと真梨香さんからデザインにOKをもらえて、型紙を作ったり、見本を作ったりしてたの。高校生のときにも手芸部で何度か型紙を起こしたけど、人体模型を使ったことはなかったから、すっごく楽しかった！」

絵麻が目をキラキラ輝かせて語るのを見て、琉斗は目を細めた。

「そうなんだ。販売されるのが楽しみだね」

「うん。でも、実はまだまだ先なんだ～。縫製工場の人に作ってもらった試作品がイメージと違ったり、真梨香さんのお眼鏡に適《かな》わなかったりしたら、また修正や調整が必要になるし」

「じゃあ、まだ気が抜けないってわけか」

「そうなの。でも、こんなに充実した毎日は初めてかも。デザイン画がうまく描けたのは……琉斗くんに背中を押してもらえたからだよ」

最後は小声になりながら、絵麻は琉斗をチラッと見た。目が合って琉斗が柔らかく微笑む。

「絵麻の役に立てたのならよかった。商品化が決まったら教えて」

「えっ、まさか見たい、とか？」

絵麻は目を丸くした。琉斗も同じように目を見開く。

「い、いや。お祝いをしようと思ったんだよ」

「あ。お、お祝い、ね」

「うん、そう」

絵麻は真っ赤になった顔を伏せた。

（着けてるところを見たいって言われるのかと思った……。そんなわけないのに！　私ったら恥ずかしい）

絵麻は無言でケーキを食べ続けた。半分こにしたタルトはすぐになくなり、コーヒーカップに手を伸ばす。そのときふと視線を感じて顔を上げると、真梨香が絵麻をじっと見ていた。目が合って、真梨香がニーッと笑う。

「ピアチェーヴォレのランジェリーは自然体の女性を一番美しく見せてくれるのよ。商品化が決まったら、絵麻が着けて見せてあげたらいいのに。商品のよさがよく伝わるわよ」

絵麻は焦りながら口を開く。

「だ、だから、そ、そういうのはしませんってば！　私たちは友達なんですからっ」

「そうなの？」

真梨香はどこかとぼけたような口調で言った。

「そうですよっ」

「ふぅん。じゃあ、とーっても仲がいい友達なのねぇ」

真梨香に意味ありげな視線を投げられ、絵麻は必死で話題を変えようとする。

「ええっと、あ！　そういえば、真梨香さんは瑛二さんとは十一年来のお知り合いだって言ってたじゃないですかっ。でも、シトロンスイングって駅とは逆方向にありますよね。あんな隠れ家みたいなバー、どうやって見つけたんですか？」

絵麻は身を乗り出しながら一気に言った。真梨香は絵麻を見て数回瞬きしたが、懐かしそうに目を細めて答える。

「起業した直後に知り合ったって言ったでしょう？」

「はい」

「起業してしばらくは事業がなかなかうまくいかなくってね。でも、社員を心配させたくなかったし、弱ってるところを見られたくなかったから、こっそり飲めるようなバーを探して、辿りついたの。まさしく隠れ家みたいで、ほかの社員は来そうになかったから」

「確かにそうですね。でも、本当に雰囲気のいいバーですよね」

「そうね。おかげで十一年も通っちゃってるわ」

真梨香は言ってコーヒーカップを持ち上げた。

（私も……琉斗くんに会いたいから通ってしまいそう……）

絵麻がそっと琉斗を見たら、彼は小さく微笑み、自分の唇の右端を人差し指で触った。

「タルトのかけらがついてる」

「え？」

絵麻は自分の唇の右端をこすったが、琉斗は首を振る。

「逆」

絵麻は慌てて左端を触った。指先にタルトのかけらがつく。

「あ、ありがとう」

それを口に入れながら、一週間前、琉斗が絵麻の唇についていた卵を取ってくれたときのことを思い出した。

彼があんなふうに触れてくれることはもうないのかと思うと、絵麻は軽く口にした〝友達〟という言葉の重さに、胸が締めつけられる。

やがてケーキを食べ終えて、真梨香が琉斗を見た。

「今日はシトロンスイングへは行くの？」

「はい。アルバイトが休みらしくて、叔父に来てほしいと頼まれましたので」

琉斗の返事を聞いて、真梨香は大きく伸びをする。

「じゃあ、リュウくん、一緒に行きましょう。久しぶりに瑛二さんのカクテルを飲みたいし」

「そうですか。叔父も喜ぶと思います」

「ふふふ、たくさん飲むお客だものね、私」

真梨香が妖艶に笑った。

それから三人でしばらく世間話をしたあと、琉斗は真梨香と一緒に帰っていった。絵麻が琉斗に連絡先を訊けなかったことに気づいたのは、二人が部屋を出てからだった。

第八章　試作品と伝えたい想い

翌週の木曜日。絵麻は真梨香の指示を受けて、近くのショッピングモールに新規オープンしたランジェリーショップの偵察に行った。「ぜひ採寸と試着を」と勧める店員をどうにかかわして商品カタログをもらい、気疲れして戻ってきたら、デスクの上に大きな段ボール箱が二箱置かれていた。

「絵麻、中添さんから試作品が届いてるわよ」

社長デスクの真梨香の声を聞いたとたん、絵麻は疲れが吹っ飛び顔を輝かせた。

「ええっ、もう届いたんですか⁉」

「絵麻の初めてのデザインだから、できるだけ急いでってお願いしてたの」

真梨香は得意げな表情で言った。

(中添さんたちに無理をしてもらったんだろうな)

絵麻は内心申し訳なく思ったものの、嬉しくてたまらない。ドキドキしながら段ボール箱をそれぞれ開けると、どちらにも大きなビニール袋が入っていて、その中に薄紙で包まれたブラジャーとショーツが数枚収められていた。

「絵麻の初めての試作品なんだよね」

「どんなの？」

「見せて見せて〜！」

同じデザイン担当の三人の女性社員が口々に言いながら、仕事の手を止めて段ボール箱を覗き込んだ。

絵麻は慎重に試作品を取り出し、一つめの薄紙をそっと開けた。現れたのは深いボルドーのブラジャーだ。両カップの間を大胆にカットしたカップには、極上の繊細なリバーレースをあしらっている。レースの透け感でセクシーさを演出するため、シルクを百パーセントを使った内側の生地は、素肌に近い色を採用した。

「うわあ、大人っぽい！」

「ちょっと絵麻ってばどうしちゃったの〜」

「このカップのデザインは斬新だわ。今までのスポーツブラ調デザインはなんだったの⁉」

絵麻よりデザイン担当歴の長い社員に興奮と驚きの混じった口調で言われ、絵麻は照れ笑いを浮かべた。真梨香がデスクに近づき、同じボルドーのショーツの試作品を広げる。

「いいわね。予想以上の出来映えだわ。絵麻にはこういうのを求めていたのよ。セクシーだけどセクシーすぎないランジェリー。開花する直前のバラの蕾のような」

真梨香は満足げに頷いた。

デザイン性と機能性を両立させたそのショーツは、肌が美しく透けて見えるように、サイドにリバーレースを用いた。生地の接着部分はラインが響かないよう、熱接着を利用している。

「色はボルドー、ブラック、スモーキーブルー、シュガーピンクの四色なんだね。ボルドーとブラックはセクシーなのに、スモーキーブルーとシュガーピンクはすごくかわいく見えるね」

「カラー展開を増やして、ネイビーやグレーを加えてもいいかも」

デザイン担当の先輩社員たちの反応も上々だ。

「さすがは中添さん。すばらしい縫製だわ。あとは着け心地ね。みんなこの週末に着けて、週明けにはレポートをまとめられるようにしておいてちょうだい」

真梨香が全社員に指示を出した。総務担当、営業担当、カスタマーサービス担当など、ほかの社員からも「はぁい」「わかりました」などと返事の声が上がり、それぞれ自分のサイズのブラジャーとショーツを手に取った。これから肌触りやフィット感、機能性を確認して、みんなが〝欲しい〟という評価を下せば、正式に商品化が決定し、カタログに掲載されることになる。

「へえ～、かわいいなあ」

「このレース、すごくきれい」

女性社員たちが試作品を見ながらあれこれ感想を述べている。

けれど、見た目がよくても着け心地が悪ければ、真梨香はＯＫを出さない。

（どうか商品化されますように！）

絵麻は心の中で祈りながら、ボルドーのブラジャーとショーツを大切に薄紙で包み直した。


翌日の金曜日、絵麻は仕事を終えると、シトロンスイングに向かった。昨日、会社帰りにアパレルショップで買ったネイビーのブラウスと、レース素材が華やかな白の膝下丈のスカートという格好だが、その下には昨日完成したばかりの試作品のブラジャーとショーツを着けている。色はボルドーだ。両カップの間を大きくカットしているのと、サイドボーンがしっかりしているので、鏡の前で見たとき、胸の丸みと谷間がきれいに見えた。あえてそうデザインしたとはいえ、大胆なのが気恥ずかしい。けれど、鏡の前で背筋を伸ばした自分は、いつもより女性らしく魅力的に映った。そして、そんなランジェリーを自分がデザインできたのだと思うと、商品化されるかどうかはまだわからないとはいえ、大きな自信を覚える。

このデザインを描く直接的な後押しをしてくれたのは真梨香だった。けれど、琉斗を想う気持ちがなければ、こんな大胆なデザインはできなかった。

（琉斗くんが疑似恋愛を体験させてくれて……私に自信をつけてくれたからだ）

琉斗は『商品化が決まったら教えて』と言ってくれていたが、今日、試作品ができた喜びと感謝を伝えたくて、絵麻はシトロンスイングの前まで来た。だが、いざドアを目の前にすると緊張してきた。なにしろ一人でバーに入るのはこれが初めてなのだ。

(でも、琉斗くんに会いたい)

絵麻は思い切ってドアを開けた。

「いらっしゃいませ」

初めて来店したときと同じく、バーカウンターの向こうから声をかけられた。けれど、今日はイケオジ・バーテンダーの瑛二の姿しかない。

腕時計を見るとすでに七時半を回っていたが、今日の琉斗の勤務時間はもう少しあとなのだろうか。

「お好きなお席へどうぞ」

瑛二に言われて、絵麻はおずおずとカウンターに近づき、右端の席に座った。店内を見回すと、すでにテーブル席に三組のグループ客が来店していて、カウンター席にも絵麻の二つ隣と逆の端に男性客が一人ずつ座っている。

「なにをお作りしましょうか？」

瑛二が絵麻の前に立った。

「あ、ええと……エックス・ワイ・ジィをお願いします」

「かしこまりました」

瑛二はシェーカーに材料を量って入れながら、絵麻に話しかける。

「二週間ぶりですね。今日はお一人なんですか？」

「はい。真梨香さんはまだ会社に残ってました」

「お忙しいんでしょうか？」

「真梨香さんですか？　そうですね」

絵麻の試作品の件でいろいろと根回しをしてくれているのだと思う。

「先週の土曜日以来、来られないものですから、体調でも崩されたのかと心配していました」

「いつもと変わらず元気そうですよ。無茶振りも健在ですし」

「あはは、それなら心配ありませんね」

瑛二が珍しく声を出して笑った。シェーカーに蓋をする彼の表情は、心なしか安堵しているように見える。

「真梨香さんのそばに水谷さんのような方がいてくださってよかったです」

瑛二に言われて、絵麻は首を傾げた。

「そうですか？　あまり……お役に立てているとは思えないんですけど……」

「大丈夫です。真梨香さんの表情が楽しそうですから。真梨香さんにあんな顔をさせてあげられるんですから、水谷さんは真梨香さんにとって単なる部下以上の存在なのだと思いますよ。家族とか妹のような……」

「真梨香さんのようなお姉さんがいたら……毎日大変だと思うんですけど」

絵麻は思わず本音を零した。瑛二は小さく笑って目を細め、シェーカーをシャカシャカと振り始める。

瑛二が真梨香のことを気にかけているのは、単に真梨香が常連客だからだろうか。それともなにか別の感情があるからなのか……。恋愛経験が乏しい絵麻にはわからなかった。

ほどなくして瑛二は冷やしたグラスにシェーカーの中身を空け、コースターとともに絵麻の前に置いた。

「お待たせしました」

「ありがとうございます。あの、今日は琉斗くん、ええと城本くんはまだ来てないんでしょうか？」

「連絡がないので今日は来ませんね」

つまりシフトを入れていないということだろうか。

瑛二の返事を聞いて、絵麻は肩を落とした。琉斗にお礼を言いたいというのもあったが、なにより彼に会いたかったのだ。

「そうなんですね……。明日は来られますか？」

「明日も来ないと思います」

「そうですか。ありがとうございます」

絵麻はグラスに口をつけた。二週間前の金曜日、琉斗が作ってくれたのと同じカクテルを飲む。

（会いたかったな……）

どうして先週、連絡先を訊いておかなかったのか。

（瑛二さんに頼んで、私の連絡先のメモを琉斗くんに渡してもらおうか）

だが、瑛二はコンロの前で二つ同時になにか調理している。彼一人なので忙しそうだ。

絵麻がカクテルを飲み終わってメニューを取ろうとしたとき、二つ左のスツールに座っていた男性が絵麻に話しかけた。

「待ち合わせの相手、来なかったの？」

グラスを軽く持ち上げて絵麻を見つめる彼は、チャコールグレーのスーツを着た三十代前半くらいの男性だ。短めの茶髪で口髭《くちひげ》と顎髭を生やしていて、細身ながら雰囲気はワイルドだ。

「あ、いえ。そういうわけではないんです」

男性は絵麻の全身をじろじろと見た。なんだか値踏みされているようで、絵麻は居心地悪く感じる。

「君、バーに一人で来るタイプには見えないんだけどな」

「そう……ですか？」

「女一人で飲んでても寂しいだろ？　奢ってあげるから一緒に飲もうよ。隣においで」

男性に手招きされ、絵麻は慌てて右手を振った。

「あの、せっかくですが、私、もう帰りますので」

「まだ来たばかりじゃないか」

男性が席を移動しようと腰を浮かせたので、絵麻はとっさにスツールから立ち上がった。

「ほ、本当にもう帰ります」

バーカウンターの向こうで瑛二が絵麻に気づき、「お会計ですか？」と近づいてきた。

「はい、お願いします」

絵麻は瑛二にクレジットカードを渡した。会計が済むのを待っている間、左側からずっと男性の視線を感じたが、気づかないフリをして瑛二を見ていた。

「ありがとうございました」

瑛二がクレジットカードとレシートを差し出し、絵麻は手早く財布に入れる。

「ごちそう様でした」

そうしてそそくさと店を出ると、一階に下りて大きく息を吐き出した。あんなふうに男性に声をかけられたのは初めてで、逃げるように出てきてしまった。本当ならこの前あまり食べられなかったフードメニューも頼んで、瑛二に絵麻の連絡先を託《ことづ》けようと思っていたのに。

(ああいうとき、真梨香さんならどんなふうに対応するんだろう)

きっとスマートにあしらうんだろうな、と思ったとき、階段を下りる靴音が聞こえてきた。絵麻が道を譲ろうと壁際に避けたとき、後ろからいきなり右手首を掴まれた。

「えっ」

驚いて振り向くと、今逃げてきたばかりの相手、茶髪で髭の男性が立っていた。

「いきなり帰ることはないだろ。失礼だな」

男性に責めるように言われて、絵麻は反射的に小声で謝る。

「す、すみません」

「悪いと思うなら、すっぽかされた者同士で飲み直そうぜ」

「いえ、結構です」

「せっかく雰囲気のいいバーに来たんだから、俺たちもいい雰囲気になったって構わないだろ。夜はこれからだ」

「ごめんなさい、本当に私、もう帰りますので……」

男性があまりにしつこいので、絵麻はどうしていいかわからなくなってきた。

「じゃあ、送っていってやるよ。家はどこ？」

男性が顔を近づけてきて、アルコールの匂いがぷんと漂った。

「いえ、あの、送っていただくほどの距離ではありません」

「へえ、この近くに住んでるんだ。いいねぇ、じゃあ、君の部屋で飲み直そう」

男性が絵麻の手を強く引っ張った。絵麻はよろけそうになって必死で足を踏ん張る。

「離してください」

「そう言うなって。家はどっちなんだ？」

男性が絵麻の左耳に唇を寄せた。彼のアルコールくさい息が頬にかかって、絵麻は体を強《こわ》ばらせた。どうすればこのしつこい男性から逃げられるだろうか。彼をどこかで振り切らない限り、家に帰るのは怖い。

「なに黙ってんの？」

男性の熱い息が再び頬を撫でた。嫌悪感から身震いしたとき、「絵麻！」と力強い声に名前を呼ばれた。声がした方に首をひねると、黒いスーツ姿の琉斗が駆け寄ってくるのが見える。

「琉斗くん！」

絵麻は信じられない思いで目を見開いた。

「彼女は俺と約束してたんで」

琉斗は絵麻の前に立つと、男性からかばうように半身を入れた。男性は小馬鹿にしたような顔で琉斗を見る。

「は？　今さら来たって遅いんだよ。邪魔者は帰れ。彼女は今から俺と楽しむんだ」

「いいえ、彼女は俺が連れて帰ります」

琉斗は絵麻の腰に左手を回して彼の方へ強引に引き寄せた。

「ふざけんなよ！」

男性が声を荒らげたとき、階段の上から瑛二の声が降ってくる。

「なにか揉《も》め事《ごと》ですか？」

「なんでもない、気にしないでくれ」

男性が二階に向かって声を張り上げた。再び瑛二の声がする。

「そう言われましても、ずいぶん大きな声を出されていましたが。警察を呼んだ方がいいですよね？」

警察、と聞いて男性の顔色が変わった。

「い、いやいやいや、本当になんでもないんで」

男性は絵麻から手を離すと、絵麻と琉斗をじろじろと見た。琉斗が絵麻をかばうように両手で抱き寄せる。

「なんだよ、あんまり女を待たせんな。勘違いするじゃないか」

男性は腹立たしげに舌打ちをして二人に背を向けた。そのまま振り返らずに駅の方へと歩いていく。その足取りは少しおぼつかない。

男性が去っていき、絵麻は安堵のあまり全身から力が抜けた。

「水谷さん、大丈夫ですか？　あなたのすぐあとに彼がカウンターにお金を置いて店を出たものだから、気になって様子を見に来たんですが」

振り仰ぐと、階段の上に心配そうな顔をした瑛二の姿が見えた。

「ありがとうございます。大丈夫です」

絵麻に続いて琉斗が言う。

「叔父さん、ありがとう。俺も来たからもう大丈夫だ」

「よかった。二人とも気をつけて」

瑛二は安心したように頷き、店内に戻った。

「絵麻」

琉斗に低い声で名前を呼ばれ、絵麻は助けてくれた礼を言おうと顔を向けた。だが、彼の表情が険しくて言葉に詰まる。

「絵麻はさっきの男みたいなチャラそうなのがタイプなのか？」

そう言った琉斗の口調は表情同様険しかった。絵麻は驚きながら答える。

「えっ、違うよ」

「だったら、どうしてあの男にキスされてた？」

そんな記憶はなく、絵麻は眉を寄せた。

「キスって？」

「ここにされてただろ」

琉斗は絵麻の左耳に唇で触れた。

「ひゃっ」

そのくすぐったいような刺激に絵麻が反射的に首をすくめると、琉斗は今度は首筋に唇を押し当てた。その淡い刺激に絵麻は腰の辺りがゾクゾクとする。

「んっ、琉斗くん……」

「あいつにキスされても、そんなふうに感じてたのか？」

「違……されてなっ……」

絵麻は否定しようとどうにか口を動かしたが、琉斗が首筋に唇を触れさせたまま声を出すので、余計に背筋が震えてうまくしゃべれない。

「あいつなら最後まで疑似体験させてくれると思ったのか？」

琉斗が首筋に強く吸いつき、チリッとした痛みが走った。

「あんっ」

甘い刺激に腰が砕けそうになり、絵麻は琉斗のスーツのジャケットを掴んだ。絵麻が潤んだ目で見上げ、琉斗はいら立たしげな表情になる。

「……くそっ。そんなに最後までしたいなら、俺が抱いてやる。俺が最後まで疑似体験させてやるよ」

琉斗は言うなり絵麻の右手を掴んで歩き出した。さっきの琉斗のキスに半分腰が砕けたままの絵麻は、必死で足を動かす。

「あの、待って、琉斗くん」

「待たない」

琉斗は振り返らずに言った。すぐ近くの駐車場に見覚えのあるＳＵＶが駐まっていて、琉斗は助手席の前で足を止めた。そうして振り向くなり絵麻をギュウッと抱きしめた。彼の腕の中に強い力で閉じ込められ、絵麻は目を見開く。

「あの」

「ほかの男に奪われるくらいなら、俺がお前の初めてをもらう」

そう言った直後、琉斗は絵麻に襲いかかるように口づけた。

「ん……っ」

突然のことに開いたままの唇から、琉斗の舌が口内に侵入し、絵麻はとっさに琉斗の胸に両手を当てた。

「……っふ……待っ」

背を仰《の》け反《ぞ》らせて声を発しようとするが、彼の方にぐいっと引き寄せられた。差し込まれた舌が口内を蹂躙《じゅうりん》するかのように撫で回す。彼の誤解を解きたいと思うのに、好きな人に与えられる激しいキスに思考がとろかされて、絵麻は気づけば夢中で彼のキスに応えていた。

どのくらいそうしていたか……絵麻の体から力が抜けて琉斗に寄りかかったのに気づいて、琉斗はそっと唇を離した。

「本当は絵麻が俺を好きになってくれるまで待とうと思ってたんだ」

絵麻はぼんやりしたまま、琉斗を見上げてかすれた声を出す。

「私が……琉斗くんを好きになるまで？」

「そうだ」

絵麻はよくわからないまま言葉を続ける。

「それは、琉斗くんを好きにならないと……最後までしても気持ちよくなれないから……ってこと？」

「違う。絵麻のことが好きだから、俺を好きになってくれたお前を抱きたいと思ったんだ。疑似なんて偽りの関係ではなく、恋人として絵麻を抱きたかった」

絵麻はゆっくりと彼が言った言葉の意味を考えた。

「私……酔ってるのかな」

「え？」

今度は琉斗が訝《いぶか》しげな表情になる。

「琉斗くんが私のことを好きって言ったような気がしたんだけど……」

「言った」

「本当に？」

「ああ。だが、絵麻が俺を好きになってくれるまで待ってたら遅いんだってことがわかったよ」

琉斗が絵麻の顎を掴んだので、絵麻は慌てて両手を自分の口に当てた。

「絵麻？」

絵麻は誤解を解こうと、口を押さえたまま声を発する。

「さっきの男の人は、私が一人で飲んでたから、『すっぽかされた者同士で飲み直そう』って誘ってきただけ！　私はずっと断ってたんだよ。それに、そもそも私がシトロンスイングに行ったのは、琉斗くんに会いたかったからなの！」

「俺に？　どうして？」

絵麻は手を下ろし、ゆっくりと上目で琉斗を見る。

「先週、私のデザインで試作品を作ってもらえるって話をしたでしょ？」

「ああ」

「昨日、その試作品ができたの。それが嬉しくて、琉斗くんにお礼を言いたくて来たの。デザインが描けたのは琉斗くんのおかげだったから」

「俺の？」

絵麻は頷いて説明を続ける。

「……二週間前、琉斗くんが最後までしてくれなかったのは、私に大人の魅力がなかったからなのかなって思ったの。だから、どうしたら琉斗くんにその気になってもらえるかな、どうしたら自分を一番魅力的に見せられるかなって、琉斗くんのことを考えながらデザイン画を描いた。そうしたら、真梨香さんが認めてくれたの。だから、琉斗くんのおかげ」

「俺のことを考えながら……？」

絵麻は大きく息を吸って想いを彼に伝える。

「そうだよ。私も琉斗くんが好き。琉斗くんじゃなくちゃ最後までしたくない。琉斗くんだから最後までしたい。ほかの人なんて絶対に嫌」

琉斗の頬に赤味《あかみ》が差したかと思うと、絵麻は彼に再び強く抱きしめられた。

「絵麻」

琉斗が感極まったような声を出し、絵麻を抱きしめる腕に力がこもった。

「りゅ、琉斗くん……ちょっと……苦しい」

絵麻が喘ぐように言い、琉斗は慌てて腕の力を抜いた。それでも、絵麻を腕の中に閉じ込めたままだ。

「ごめん」

「大丈夫。琉斗くんが助けに来てくれて……本当に嬉しかった」

「俺も絵麻を助けられてよかったよ」

「瑛二さんは今日も明日も琉斗くんは来ないって言ってたけど、どうして来たの？」

「来るつもりはなかったんだが、叔父さんから〝水谷さんが来てるよ〟ってメッセージをもらったんだ。だから、絵麻に会いたくて……急いで来た」

琉斗の少し照れたような表情に胸がいっぱいになって、絵麻から彼に抱きついた。琉斗が絵麻の耳に唇を寄せてキスを落とす。

「やんっ」

絵麻は甘い声を出してしまったことが恥ずかしくて、彼の胸に両手を押し当てた。

「ダメ、変な声が出ちゃう……」

「さっきの男にキスされたところを消毒してるんだ」

琉斗が絵麻の耳たぶを食《は》み、絵麻は淡い刺激に背筋を震わせながらどうにか声を出す。

「……っ……されてない。お酒くさい息が頬にかかって気持ち悪かったけど……キスはされてない、よ」

「ほんとに？」

「ほんと」

絵麻の言葉を聞いて、琉斗は安堵の息を吐く。

「よかった……」

琉斗は絵麻の背中に回した腕に力を込めた。

「正直、これ以上もう待てない。絵麻を俺の部屋に連れていきたい」

琉斗の言葉に、絵麻の心臓が大きく跳ねた。ドキドキと響く鼓動がどんどん高くなる。

「……連れていって」

絵麻の返事を聞き、琉斗は腕を解いて助手席のドアを開けた。絵麻が乗り込み、琉斗はドアを閉めて運転席に回る。

「安全運転で、だけど、できるだけ急ぐから」

琉斗は絵麻の唇に軽くキスをして、シートベルトを締めた。

琉斗のマンションには十五分ほどで着いた。最近、高級高層マンションがいくつか建設された堂島川沿いにある、モノトーンの外壁がスタイリッシュな二十階建てのマンションだ。琉斗は自走式駐車場に車を駐めたあと、最上階の角部屋、二〇一五号室に絵麻を案内した。

「お邪魔します」

絵麻は琉斗に手を引かれ、センサーライトが点灯した廊下に足を踏み入れた。

廊下の先は二十畳くらいのリビング・ダイニングになっていて、モノトーンで統一されたインテリアが落ち着いた雰囲気だ。

廊下のセンサーライトが消え、琉斗がリビングのカーテンを開けると、大きな窓ガラスの向こうにきらびやかな夜景が浮かび上がった。大阪市の中心部に林立する超高層オフィスビルやホテルの明かりが、まばゆく輝いている。

「うわあ、すごい……きれい」

絵麻が夜景に見入っていたら、琉斗が絵麻を後ろからふわりと抱きしめた。

「絵麻の方がずっときれいだ」

琉斗は絵麻の髪をかき上げて、耳たぶにキスを落とした。そのまま耳を甘噛みされて、絵麻はかすれた声を上げる。

「待って……カーテン……」

琉斗が首筋にチュ、チュッと音を立てながらキスを落とした。淡い刺激に背筋が震えそうになるが、絵麻はどうにか言葉を発する。

「カーテン……閉めないの？」

「そんなことを考える余裕があるんだな。俺は今すぐ絵麻が欲しくてたまらないのに」

琉斗は小さく笑い、絵麻の肩に手を置いて彼の方に反転させた。そうして唇にキスをしながら、ブラウスのボタンを外す。前をはだけられると、繊細なレースを使ったボルドーのブラジャーが露わになった。

「こういう色のも着けるんだ」

琉斗が目を細めて見るので、絵麻は恥ずかしさ半分、照れ半分で視線を彷徨《さまよ》わせる。

「へ、変かな？」

「意外だったから驚いたけど、ぜんぜん変じゃない。絵麻の白い肌に映えてすごくきれいだ」

琉斗の手がスカートのホックを外し、スカートは床にふわりと落ちた。ブラウスも脱がされ、ボルドーのブラジャーと揃いのショーツだけという格好になり、絵麻は心許なくてか細い声を出す。

「あの、これ……試作品なの」

「絵麻がデザインしたって言ってた？」

「うん」

「俺に見せに来てくれたんだ？」

琉斗に問われて、絵麻は頬を赤くする。

「え……や、見せるつもりはなくて……自信を持ちたかったから……着けてきたの。それに、真梨香さんに、着け心地をレポートするように言われてるし……」

「ふぅん」

琉斗が不満そうな声を出した。

「あ、でも……琉斗くんに一番魅力的に見える私を見てほしいって思ったのは、本当」

絵麻は消え入りそうな声で言った。琉斗は上体を少し反らすようにして絵麻の胸元に視線を向けた。彼に見つめられて、絵麻は反射的に胸を両手で覆う。

「そんなに見られたら……恥ずかしい」

「一番魅力的な絵麻をちゃんと見せて」

琉斗が絵麻の両手首にそっと触れた。けれど、強引に手を剥《は》がすことはせず、絵麻をまっすぐに見る。彼の瞳に欲情が宿っているのがわかり、絵麻の心臓が鼓動を速めた。

(琉斗くんを誘うことができてるのかな……?)

絵麻はますます顔を赤くしながら、そろそろと両手を下ろした。

「ま、真梨香さんがね、縫製工場に連れていってくれて。保管してある特別な生地やレースを見せてくれたの。それまでは行き詰まってたんだけど、おかげでインスピレーションが湧いて……」

素肌に彼の強い視線を感じる。絵麻は恥ずかしさのあまり口を動かし、訊かれてもいないことをペラペラとしゃべった。

「絵麻のがんばりと思い入れが伝わってくるよ。とてもステキだ」

「ほんとに？」

「ああ。脱がせるのが惜しいくらいだ」

琉斗は言いながらカップから覗く膨らみに吸いついた。

「あっ」

淡い痛みが走って、視線を落とすと、彼の唇が離れた肌に紅《あか》い痕が小さな花のように咲いている。

「絵麻は俺のものだって印をつけた」

琉斗が片方の口角を引き上げて笑った。その不敵に見える笑みに、絵麻の心臓がドキンと跳ねる。

（同い年の男の人なのに……色っぽいって思っちゃう……）

絵麻は琉斗をうっとりと見上げた。琉斗は絵麻の髪を梳くようにして後頭部に左手を回し、唇を重ねた。彼の手が後頭部からうなじへと滑り降り、柔らかなタッチで首筋を撫でられて、絵麻は背筋を小さく震わせる。

「ふ……」

唇から彼の唇が離れたかと思うと、すぐに首筋に押し当てられた。舌先でそっと舐められて、腰の辺りがビクンと跳ねる。

「ん……」

琉斗の右手がブラジャーの上から胸の膨らみを包み込み、ゆっくりと円を描くように揉みしだき始めた。

「この生地はシルクかな？　手触りがすごくいい」

琉斗の指先がカップを撫で、すでに存在を主張し始めていた尖りにレースの上から触れた。布越しに指先で刺激されて、絵麻の口から甘い吐息が零れる。

「あ……んう……」

布の上から先端を指でつままれ胸を揉みしだかれて、体の奥が疼き始めた。琉斗の左手が腰に回され、絵麻は再び反転させられて、後ろから彼にすっぽりと包み込まれる。胸を嬲っていた彼の手がお腹をくすぐるように下りて、ショーツの上から敏感な箇所に触れた。

「ん……は……ぁ」

クロッチの部分を前後になぞられ、焦れったいような切なさを覚えた。体の奥で生まれた熱いものがじんわりと染み出し、カーテンが開いていることなど気にする余裕がなくなる。

「本当に繊細な生地なんだな。直接触らなくても、絵麻が感じてるのがわかる」

「やだ……恥ずかし……」

絵麻は嫌々をするように首を左右に振った。その首筋に琉斗は唇を触れさせる。

「どうして？　俺のことを考えながらデザインしてくれたんだろう？」

「そ……だけど……」

「たまらなくそそられるよ」

琉斗の熱い息がかかって、腰の辺りがぞわぞわとした。肌が疼いているのに、布越しにしか触れてくれない。それがどうしようもなく焦れったくて、絵麻は体の前に回されていた琉斗の腕にすがるように掴まった。

「どうした？」

耳元で熱を帯びた声で囁かれ、絵麻は浮かされたように答える。

「ね、お願い……」

「どうしてほしいの？」

「そんなの……恥ずかしい」

「ちゃんと言ってくれないとわからないな」

琉斗の指先がショーツの上から花芯に触れた。薄い布の上から転がされ、淡い刺激に絵麻は喘ぐように声を零す。

「ふ……あぁ……ん……やだ……」

「触られるのが嫌なの？」

琉斗の声が意地悪く囁き、彼の手が動きを止めた。絵麻は体の中で膨れ上がる切ないような疼きを持て余し、彼の腕を両手で掴んで振り仰ぐ。

「嫌じゃ……ない……直接……触ってほしい、の」

恥ずかしさのあまり潤んだ絵麻の目を見て、琉斗は絵麻をギュッと抱きしめた。腰をかがめて、絵麻の膝裏をすくい上げるようにしながら横抱きに抱え上げる。

「きゃ」

小さく声を上げた絵麻の唇に軽くキスを落とし、琉斗は彼女をリビング・ダイニングと隣り合うベッドルームに運んだ。ベッドの縁に絵麻を座らせ、その隣に腰を下ろす。

「着け心地のレポートはもういいの？」

琉斗は絵麻に口づけながら、ブラジャーの肩紐《かたひも》をずらした。カップの中にするりと指先を滑り込ませて、胸の膨らみを直接撫でる。彼の指先が胸の先端の敏感な箇所に触れて、絵麻は大きく体を震わせた。

「ん……レポートは……だいじょう、ぶ」

琉斗の手が背中に回り、ぷつりとホックが外された。腕からブラジャーを抜き取られ、彼の大きな手に膨らみをすっぽりと包み込まれる。胸の蕾をつままれて、絵麻の口から甘い声が漏れた。

「は、あぁんっ……」

「気持ちいい？」

胸の先端を捏《こ》ねながら、キスの合間に彼がかすれた声で問う。

「ん……いい」

「ちゃんと教えてくれたご褒美に、もっとよくしてあげる」

そう言うと、彼は尖りにきゅうっと吸いついた。

「ふあぁっ……」

熱を帯びた唇に食まれ、濡れた舌で嬲られ、歯を立てられて、絵麻の口から絶え間なく甘い悲鳴が上がる。

琉斗の手がお腹から太ももへと移動して、今度はショーツの生地の下に侵入した。彼の指先に割れ目の襞を軽く抉《えぐ》られ、絵麻は喘ぐように息をして琉斗の肩に掴まった。

「あっ……はぁ……」

割れ目を前後になぞられ、溢れていた蜜をまとった指で膨らんだ芽を転がされる。同時に執拗《しつよう》に胸の先端を刺激されて、絵麻は何度も背筋を震わせた。甘い痺れが体を走るたびに下腹部が熱く疼いて、絵麻の腰が無意識に揺れ始める。

「あ、琉斗く……んっ」

苦しくなるほど甘い刺激を与えられ、絵麻は息が上がって頭は霞《かすみ》がかかったようにぼんやりとしてきた。ベッドにゆっくりと押し倒され、力の抜けた体からショーツをはぎ取られる。衣擦《きぬず》れの音が聞こえて目を動かすと、ぼんやりとした視界に琉斗が着ていたものを脱ぎ捨てるのが映った。

「この前は……つらくなかった？」

琉斗は囁くように尋ねながら絵麻に素肌を重ね、脚の間の熱く潤ったところにゆっくりと指を沈めた。

「ひゃ、んっ」

中をほぐすようにじっくりと撫でられ、絵麻は小さく頷く。

「ん……だ、いじょうぶ……」

熱いそこを探られるたびに体が震えて、絵麻はギュッと目をつぶった。

「体は覚えてくれてるみたいだ。ねだるように俺の指を締めつけてくる」

「や……だ……」

「本当に嫌?」

琉斗が言いながらぐるりと指を動かした。その瞬間、ビリッとした刺激が背筋を駆け上がり、甘い声が漏れる。

「あぁんっ」

彼がふいに胸の膨らみに唇で触れた。先端を口に含まれ、甘噛みされて、ピリピリとした快感が込み上げてくる。

「ちゃんと教えて」

彼の息に肌をくすぐられ、どうしようもなく体が熱い。

「や、じゃ……ない。もっと……して、ほしい」

囁くように答えた直後、押し広げられる感覚がして、中で蠢《うごめ》く長い指が二本に増やされた。感じるところを徐々に強く攻められて、淫らな水音が高くなる。中を嬲られながら、すっかり熟れた胸の尖りを舌で舐めしゃぶられて、目の前が白く染まり始めた。体の奥から愉悦が膨れあがり、全身の血が熱くて頭がクラクラして、もうなにも考えられない。

「ふ、あぁっ……もっ……ダ、メーッ……！」

頭の先まで電流のような刺激に貫かれ、絵麻の体がぴんと張り詰めた。

やがて絵麻の体からゆるゆると力が抜け、琉斗は彼女の髪を愛《いと》おしむように撫でた。絵麻の呼吸が少し落ち着いてくると、琉斗はゆっくりと体を起こし、額にキスを落とす。

「絵麻、かわいい」

絵麻を熱っぽく見つめる彼の表情は、ゾクゾクするほど野性的で色っぽい。彼が絵麻の顔の両側に手をついて覆《おお》い被《かぶ》さり、絵麻はとろりと微笑んだ。

「なに？」

絵麻の表情の変化に気づいて、琉斗が言った。

「琉斗くんがかっこよくて、なんだかドキドキする……」

絵麻の言葉を聞いて、琉斗は小さく笑みを零した。

「俺もドキドキしてるよ」

琉斗が絵麻の右手を掴んで、彼の左胸に押し当てた。ほどよく盛り上がった逞しい胸板に触れ、余計に胸がドキドキしてしまい、絵麻は感じているのが自分の鼓動なのか彼の鼓動なのかわからなくなる。

琉斗はベッドサイドの引き出しに手を伸ばし、四角い避妊具の袋を取り出した。それを咥《くわ》えて噛《か》み切《き》る仕草にも色気がある。彼はそれを手早く装着して絵麻に肌を重ねた。

彼の肌はしっとりしていて温かくて……緊張するのに安心する。

「いい？」

「ん」

琉斗が絵麻の膝裏を持ち上げた。割れ目に硬いものが押し当てられたかと思うと、まつげを伏せた彼の顔が迫ってくる。唇にキスを落とされた直後、ぐっと中に押し込まれる感覚があった。下腹部に強烈な違和感を覚えて、絵麻の呼吸が浅くなる。

「んぅ……」

絵麻が眉を寄せたのを見て、琉斗は動きを止めた。

「力、抜ける？」

琉斗は再び絵麻の唇に口づけた。唇をなぞっていた彼の舌が口内に侵入し、絵麻の舌を絡め取る。熱いキスに意識を奪われそうになったとき、琉斗が絵麻の体をしっかり抱いてゆっくりと腰を進めた。

「ふ……あうっ」

突然、引き裂かれるような痛みに襲われ、絵麻は目をギュッとつぶった。押し広げるように入ってきた重量感と圧迫感に息が詰まりそうになる。

「痛い、よな」

琉斗はそのまま動きを止めて気遣うように言った。絵麻の柔らかな肌に彼の熱い肌がピタリと重なっていて、愛しさが込み上げてくる。

「だい、じょ……ぶ」

絵麻は想いを込めて琉斗の背中にそっと手を回した。その瞬間、絵麻の中を満たしていた彼自身がビクンと震えた気がした。

「絵麻、そんなに締めつけないで、くれ」

「ご、ごめ……」

けれど、力を抜こうとしても、彼とつながっている部分がゾクゾクとして、それが痛いよりも気持ちがよくて、余計に体が張り詰める。

「ダメ……力……抜けない……」

琉斗の表情が苦しそうで、絵麻は彼の首に両手を回して頬に口づけた。直後、さっきよりも強い圧迫感に襲われる。

「絵麻、ダメだ」

「ダメ、じゃ、ないよ……私を気持ちよくしてくれたみたいに……琉斗くんも気持ちよく、なって」

「そんなことを言われたら……もう、本当に……我慢、できない」

「我慢、しないで」

琉斗は悩ましげな表情になって、絵麻の唇にキスをした。直後、奥までずんと突かれ、絵麻の背筋をビリビリとした刺激が駆け抜ける。

「ふ、あぁっ」

彼が腰を引いて、はち切れそうな圧迫感から解放されたのも束の間《つかのま》、再び突き上げられて、甘い悲鳴が漏れる。

「ひあっ……あぁんっ」

角度を変え、何度も中をこすり上げるように突き上げられて、痺れるような快感が高まってくる。それはさっきよりもずっと熱く激しくて、今にも正気を奪われそうだ。

「はあっ……あっあっ、どうしよ……すごく……気持ち、いい」

「俺もだ」

琉斗に激しく体を揺すぶられ、絵麻は必死で彼にしがみつく。

「っ……ほんと？　琉斗くんも？」

「ああ。このまま一緒に……くっ」

琉斗の表情が苦しげに歪んだかと思うと一段大きく突き上げられた。

「んっ、ああっ……あぁ――……ッ！」

絵麻の最奥で彼が弾けると同時に、目がくらむような激しい絶頂感に襲われ、絵麻は意識を手放した。

第九章　CSOの秘密

絵麻と気持ちを伝え合ってから一週間。まもなくゴールデンウィークが始まる、という土曜日。琉斗は昼前に絵麻を部屋まで迎えに行ってカフェでランチをしたあと、絵麻の希望で書店や雑貨店を覗いた。絵麻は欲しかったという文庫本を一冊買っただけで、ほかにはなにも買わなかった。だから、ジュエリーショップを見つけて、『欲しいものがあったらなんでも言って。絵麻にプレゼントしたい』と言ったのに、『プ、プレゼントは誕生日とか、なにか特別なときでいいよ！』と必死で断ろうとしたのだ。その困り顔は今思い出してもかわいくてたまらない。

どんな表情でも、絵麻を見るたび、胸の奥から温かな気持ちが湧き上がってくる。

（こういうのを愛おしいって言うんだろうなぁ）

正直なところ、絵麻と一緒ならこうして手をつないでぶらぶら歩くだけでも充分楽しい。

「夕食はどこで食べようか？」

カップルや家族連れが多く行き交う歩道を歩きながら、琉斗は絵麻に尋ねた。

「そうだねー、いっぱい歩いたから結構お腹空いちゃったな。ゆっくりたくさん食べたい気分」

絵麻がデザインしたランジェリーの商品化が正式に決まったからか、それともほかに理由があるのか、最近の絵麻は今までになく生き生きとしていて、話し方もハキハキしている。もちろん姿勢もとてもきれいだ。

そのことを嬉しく思いながら、思いついたことを提案する。

「俺の部屋で一緒に料理をするのはどう？」

「琉斗くんの部屋で？」

「ああ。食べたい食材を買って、食べたいだけ料理する。どうかな？」

琉斗の提案に、絵麻は顔を輝かせて答える。

「それいいね！　家でなら一緒に飲めるし楽しそう」

「じゃあ、決定。一緒に食材を買いに行こう」

絵麻は「やったー」と言いながら足取りを弾ませた。琉斗も同じくらい心が弾む。

彼自身、相手になにかしてあげることが好きだった。勝手に料理を持ってくるとか、一方的にねだってばかりとか、そういう女性は苦手だ。琉斗の周りにはなぜかそういう女性ばかりだったので、絵麻と再会して付き合えたことが本当に嬉しい。

「ある程度は料理に統一感があった方がいいよな」

琉斗の提案に、絵麻があうんの呼吸で答える。

「じゃあ、イタリアンにしようよ」

あっという間に話がまとまり、二人で近くのデパートの地下食品売り場に向かった。それぞれ料理したいもの、食べたいものを決めながら食材をカゴに入れる。そうしてトマトやアスパラガス、アボカドなどの野菜から、モッツァレラチーズ、ベーコン、刺身用のマグロの柵、ステーキ用のフィレ肉など、かなり本格的な食材を購入し、ワインコーナーで白ワインと赤ワインのハーフボトルを一本ずつ買った。

それからすぐに車で琉斗の部屋に戻ったが、キッチンに立つなり絵麻が言う。

「なんかちょっと困る」

「困るってなにが？」

琉斗が問うと、絵麻は眉を下げた困り顔で答える。

「だって、琉斗くん、マグロとかフィレ肉とか、本格的な食材を買ってたでしょ。私が作ろうとしてるのは、本当に簡単なイタリアンなんだもん」

「絵麻の手料理なら、俺はカップラーメンだって嬉しいけどな」

琉斗がおどけた口調で言い、絵麻は眉を寄せた。

「カップラーメンって手料理って呼べるの？」

「絵麻が作ったら、手料理に認定する」

「それって無理があるよ」

絵麻が笑って表情が和らぎ、二人で料理に取りかかった。絵麻がカプレーゼの材料であるトマトとモッツァレラチーズを切り始め、琉斗は野菜のチーズリゾット作りに取りかかる。炒《いた》めた米と一緒にベーコンとアスパラ、マッシュルームと黄色いパプリカを煮込むのだ。ごろっと大きめに切った野菜入りのリゾットは、見た目も鮮やかで食欲をそそるはずだ。

琉斗の隣でカプレーゼを盛りつけた絵麻は、カボチャのポタージュを作り始めた。バターで玉ネギのみじん切りを炒めて、たっぷりのカボチャと一緒にコンソメスープで煮る。柔らかくなったらハンドミキサーでトロトロにして牛乳を加えた。スープカップに注いだあと、生クリームをくるりと垂らしたのがおしゃれだ。

「スープ、よく作るの？」

琉斗の問いかけに、絵麻は頬を緩ませて答える。

「うん。市販の粉のスープだとなんだか物足りなく感じて。自分で作り始めたら、好みの味や濃さにできるのが楽しくて、はまっちゃった。ニンジンやグリーンピースのポタージュも作れるよ」

「へえ、どれもおいしそうだな。次にイタリアンを一緒に作るときは、グリーンピースのポタージュをリクエストするよ」

続いて琉斗はマグロを薄切りにした。次にアボカドを半分に切って種をくり抜くのを見て、絵麻は「やっぱり手慣れてるねぇ」と感心した声を出す。

「私、まぐろとアボカドのカルパッチョって食べたことない」

「叔父さんがアボカドを間違って仕入れすぎたことがあったんだ。そのとき覚えたんだよ」

琉斗はオリーブオイルに醤油《しょうゆ》と酢、塩こしょうを入れ、さらに少量のわさびを加えた。それらを混ぜて、切ったマグロとアボカドに回しかけ、カイワレ大根を散らす。

「これ、丼にしても絶対おいしいよね！」

絵麻が目を輝かせながら言った。

「じゃあ、今度は休日ランチとして作ろう」

次は煮込んでいたリゾットの仕上げだ。パルメザンチーズをすり下ろして味見をすると、ぱらりとしたアルデンテに仕上がっている。

「うん、うまくできた」

温めた皿にリゾットを盛りつける琉斗を横目で見て、絵麻はため息交じりに言う。

「料理では琉斗くんに勝てない気がする」

「そうかな？　俺は絵麻のカボチャのポタージュがすごく楽しみだよ。仕上げに垂らした生クリームが、おしゃれでレストランみたいだ」

「バーで本格的なイタリアンを作ってる人に言われたくな～い」

シトロンスイングで料理をする琉斗の姿を思い出しながら、絵麻は拗ねたように唇を尖らせた。

琉斗は笑いながら言う。

「そこは褒められたと思って喜べよ」

「でも、並んでいる料理の難易度が違うもん」

「俺は和食はあまり作れないから、それぞれ得意な分野で活躍すればいいんじゃないか？」

「私の和食だってたいしたことないよ」

絵麻が不満げに頬を膨らませた。その表情がかわいくて頬にチュッと口づけると、拗ねていた横顔がたちまちほころび、ますます愛おしくなる。

「さて、あとはステーキを焼くだけだな。お客様、焼き加減はいかがいたしましょうか？」

琉斗が芝居がかった口調で恭しく訊くと、絵麻は澄まし顔を作った。

「では、ミディアムレアでお願いいたします」

「承知いたしました」

そう答えると、自然と顔を見合わせ、互いの顔に笑みが浮かんだ。

琉斗は常温に戻して塩こしょうしていたフィレ肉を、高温に熱したフライパンに入れた。そのタイミングで絵麻が彼の広い背中に抱きつく。

「こうやって一緒に料理をするのってすごく楽しいね！」

「お客様、料理中は料理人を刺激しないでください」

「刺激って？」

絵麻が首を傾げ、琉斗は彼女の顎をつまんで唇にキスをした。

「あまりのかわいさに料理ができなくなります」

「琉斗くん……」

絵麻がはにかんだ表情になり、琉斗はいたずらっぽい顔で続ける。

「ミディアムレアのご注文が、ベリーウェルダンになってしまうかもしれません」

「ベリーウェルダン？　そんな焼き加減があるんだ！」

「うん、完全に中まで焼くから、ナイフで切っても肉汁が出ないんだ。たま～に店で注文する人がいるよ」

「へぇ～」

絵麻は感心しながら琉斗の隣に立った。彼はフライパンに向き直り、注意深く焼き加減を確認してひっくり返した。おいしそうな焼き色のついたステーキは、見ているだけで空腹感が募る。

「早く食べたい！」

絵麻はオーブンで作っていたベークドポテトとクレソンを皿に盛りつけた。そこに琉斗が焼き上がった肉をのせる。

「できあがり！　柔らかくておいしい肉だから、岩塩で食べるのがお薦めだな」

「わーい」

絵麻は皿をいそいそと二人掛けのテーブルに運んだ。琉斗も手伝って皿やグラス、カトラリー類を並べる。それが済むと二人で向かい合って座った。琉斗は白ワインのハーフボトルを開けて、二つのグラスに注ぐ。

「さあ、食べようか」

「うん。もうお腹ペコペコ～。いただきます！」

絵麻は嬉々《きき》としてナイフとフォークを取り上げた。

「いただきます」

琉斗も同じように料理を食べ始める。カプレーゼにポタージュ、リゾットとどの料理も美味だが、おいしそうに食べる絵麻が一番うまそうだ。ステーキを口に入れて、うっとりした表情になっている。

「ん～、柔らかくてとろけそう。おいしすぎて赤ワインが何杯でも飲めちゃうな」

「飲みすぎるなよ。介抱はするけど」

琉斗は笑いながら、空になった絵麻のグラスに赤ワインを注いだ。

「その節は失礼いたしました」

絵麻がぺろりと舌を出した。頬が赤く染まっていて、機嫌がよさそうな表情からも、だいぶ酔いが回っているのだとわかる。

「まあ、絵麻だったらなにをしても許してしまうけどな」

「ほんとかなぁ」

絵麻が疑わしげな目をして琉斗を見るので、琉斗は声を出して笑った。

そんなふうに楽しく食事をしたあと、リビングのL字型のソファに移動した。夜景が見える場所に座って、絵麻がデザートに市販のバニラアイスクリームを食べる横で、琉斗はチーズをお供に残った赤ワインを傾ける。

「二人で一緒に料理をして一緒に食べるって……こんなに幸せなんだね」

絵麻はしみじみと言ったかと思うと、冷たいバニラアイスを舌の上に落として悶絶《もんぜつ》している。

「ん～、おいしい。幸せ。ずっとこんなふうに過ごしたい」

かわいい仕草がたまらず、琉斗は左手を伸ばして絵麻の肩に回した。

「……俺も絵麻とずっと一緒にいたい」

琉斗が思い切って本音を吐露した横で、絵麻は眠くなったのか、彼の肩に頭をこてんと乗せた。

「絵麻？　ちゃんと聞いてたか？」

琉斗が訊くと、絵麻は頭を起こしてとろんとした目で彼を見た。

「うん、聞いてたよ。ずっとずっと一緒にいようね～」

絵麻はろれつの怪しくなった口調で言い、バニラアイスをすくったスプーンを彼に向けた。

「おいしいよ。食べる？」

「絵麻が食べさせてくれるなら」

琉斗はワイングラスをローテーブルに置いた。絵麻にスプーンを近づけられ、ぱくりと口に入れると、絵麻はゆっくりとスプーンを引き抜く。

「もう一口食べる？」

なにを思ったのか、絵麻は艶っぽく微笑みながら、琉斗の膝に跨がった。いつもと違う大胆な行動に、琉斗は彼女の腰に両手を回す。

「絵麻って酔うと大胆になるタイプ？　三週間前は吐いてたのにな」

「もー、それは言わないで」

絵麻は不満そうに言って、唇を彼の唇に押し当てた。そうして琉斗の唇を舌でなぞるので、琉斗の下腹部が固く主張し始めた。そんなことをしておいて、絵麻は「きゃははは」と無邪気な笑い声を上げる。

「おいし～！　赤ワイン味のバニラアイスの味がする～。うん？　バニラアイス味の赤ワインの味？　味が多すぎ？　ま、いっかぁ！」

意味のわからないことを言って笑いながら、琉斗の唇にチュ、チュと口づけた。誘うというよりじゃれているような仕草に、琉斗は脱力する。

「絵麻ぁ……」

「ん～？」

絵麻は甘えるように彼の肩に頬をすり寄せた。琉斗は絵麻の手からアイスのカップとスプーンを抜き取ってローテーブルに置き、彼女の背中に手を回してソファにごろんと横になる。

絵麻の体温を感じて、琉斗は幸せな気分で顔をほころばせた。絵麻は彼の胸の上でごそごそと動いていたが、やがて顔を上げて口を開く。

「琉斗くん、好き」

とろんと酔った目で彼をまっすぐに見つめている。

(今日は絵麻の新しい一面をたくさん見たな)

「俺もだよ」

「ねえ、好きだよ。本当に好き。好きなんだからねっ。わかってる?」

絵麻はだだっ子のように言いつのった。その様子に笑みを誘われ、琉斗はクスリと笑う。

「わかってるよ」

「高校生のとき、片想《かたおも》いのまま終わった恋がこんなふうに叶《かな》って、本当に嬉しいの」

「それは俺も同じだ」

「ずっと一緒にいてね」

絵麻は琉斗の胸に頬を寄せながら言った。

「ああ、もちろん」

琉斗は絵麻の背中に回した手をゆっくりと上下させる。

(幸せだな)

そう思った瞬間、心にふと不安が芽生えた。

今までの流れから、絵麻は彼がシトロンスイングのバーテンダーなのだと思っている。いつか自分が日本有数の大企業、プレミオホールディングスの御曹司なのだと言わなければならない。

絵麻が肩書き目当ての女性でないことは、もちろんわかっている。だが、絵麻だからこそ心配なのだ。

そんな大企業のＣＳＯと私じゃ、釣り合わないよ……。

彼女の表情がそう曇るのではないか、と不安を覚える。

「どうしたの？」

琉斗の手が止まったのに気づいたのか、絵麻が顔を上げて、物問いたげに彼を見つめた。絵麻に彼が本当は何者なのか、話さなければならない。

（だけど……今の絵麻に話しても、明日になったら覚えていないかもしれない）

琉斗は心の中で自分に言い訳をして、絵麻の髪を撫でた。

「絵麻に話さなきゃいけないことがあるんだ」

「うん」

「でも、今は俺も絵麻も酔ってるから、今じゃないときにしようと思う」

今話して、とねだられるかと思ったが、絵麻は素直に返事をした。

「うん」

「絵麻？」

「ん」

「聞いてた？」

「ん」

絵麻の声がひどく眠そうなことに気づいて、琉斗は苦笑した。

「聞いてたけど、こうしてるとものすごく安心しちゃって……」

それっきり絵麻はなにも言わなくなった。琉斗が顔を覗き込んだら、絵麻は微笑みながら眠っている。

愛おしさが込み上げてきて、琉斗は絵麻の髪にそっとキスを落とした。

ベッドに運ぶのはもう少しあとにしよう……。

第十章　イケメン・バーテンダーの本当の顔

【おはよう。家族旅行はどうだった？】

ゴールデンウィーク明けの水曜日。出社してオフィスの席に着いた絵麻は、スマホに琉斗からのメッセージが届いているのに気づいた。絵麻はゴールデンウィーク中、祖父母と両親、兄夫婦と一緒に温泉旅行に行く約束だったので、実家に戻っていたのだ。

琉斗と過ごせなかったことは残念だったが、穴場の温泉旅館で久しぶりに家族とゆっくり過ごした。兄と同じ四歳年上の兄嫁は朗らかな人で、結婚二年目の兄より絵麻を優先し、外湯巡りに付き合ってくれた。

絵麻は返信を打つ。

【外湯巡りが楽しかったよ。琉斗くんは叔父さんと酒蔵巡りをしたんだよね。どうだった？】

送信ボタンにタップした直後、頭上から真梨香の声が降ってきた。

「なぁに、一人でニヤニヤしちゃって。恋愛妄想アプリでもやってるの？」

出勤してきたばかりの真梨香が絵麻のスマホをひょいと覗き込んだ。

「なになに、家族旅行はどう……」

真梨香がメッセージを読み上げるので、絵麻は慌ててスマホをブラウスの胸に押しつけた。

「勝手に読まないでください！」

「だって見えちゃったんだもの」

真梨香は涼しい顔で言った。今日の彼女は、鮮やかなブルーが目を惹く上品な花柄ブラウスに、後ろに大胆なスリットが入った白のロングタイトスカートという、相変わらずの美魔女ファッションである。

「覗き込んでたじゃないですかっ」

絵麻はスマホをバッグに入れた。真梨香はにんまりと笑う。

「最近の絵麻は言いたいことを我慢しなくなったし、前よりしっかりしてきたわね。いい傾向だわ。これも恋のなせる業ね」

恋、と言われて、絵麻は目を丸くした。絵麻のわかりやすい反応を見て、真梨香は呆れたように笑う。

「私が気づかないとでも思ってたの？　絵麻の周りにいる男性は限られてるから、相手の目星だってすぐにつくわよ。なにしろ、最近会ったステキな独身男性と言えば、シトロンスイングの——」

「ああっ、真梨香さん、あと十分で始業時間ですよっ。コーヒー淹れてきましょうかっ」

絵麻は大きな声を出して立ち上がった。

「瑛二さんって言おうと思ってたんだけど、違った？」

真梨香が思わせぶりに笑い、絵麻の頬が朱を帯びる。

「ち、ちちち違いますよ」

絵麻の慌てっぷりに真梨香の笑みが大きくなった。

「今度、また一緒にシトロンスイングに行こうねー」

そのときデザイン担当社員が二人オフィスに入ってきた。

「おはようございま～す」

「真梨香さんと絵麻、楽しそうですね」

「そうなの。実は絵麻ったらねぇ」

真梨香が話を始めようとするので、絵麻は恥ずかしくてその場から逃げることにする。

「コーヒー淹れてきます！」

真梨香がクスクス笑う声を聞きながら、絵麻は赤い顔で給湯室に向かった。


そんなふうにして始まった一日が終わり、夜、絵麻がマンションの部屋に戻ると、琉斗からスマホにメッセージが届いていた。

【明日の木曜日、仕事のあとで会えないかな？】

ゴールデンウィークの間、琉斗に会えなかったのだ。絵麻は嬉しくなって、ソファに座ってすぐに返信を打つ。

【もちろんいいよ！　琉斗くんに会いたいから絶対に予定は入れない】

すぐに琉斗から返事がある。

【ありがとう。大事な話があるから、この場所まで来てほしいんだ】

メッセージに続いて住所と地図へのリンクが送られてきた。大事な話、という文字を読んで、絵麻はドキンとする。

（いやいや、まだ付き合って二週間なのに、そんな、まさか、プロポーズは早すぎるよ）

絵麻はスマホを胸に抱いてソファにごろんと転がった。

さすがにプロポーズのはずはないと思うが、『大事な話』とはいったいなんだろうか。

地図へのリンクをタップすると、プレミオホールディングス株式会社の本社ビルが表示された。

知らない人がいないくらい有名なアルコール飲料・清涼飲料の製造・販売会社だ。

（なんでプレミオホールディングス？）

絵麻は首をひねりながら、ビルの画像をタップした。すると、一階にプレミオホールディングスの商品を提供しているカフェバーがあることがわかった。一般的なカフェやバーで食べられるようなフードのほか、同社が販売しているジュースやカクテル、ワインやビールが飲めるらしい。

（ここでなにか食べるのかな？　琉斗くんに会えるなら、どこへでも行っちゃうよ～）

絵麻は締まりのない顔になって、〝了解！〟と敬礼しているウサギのスタンプを送った。

　そうして待ちに待った翌日。

　朝のメッセージで、プレミオホールディングス本社ビル横のベンチで六時半に待ち合わせることになった。しかし、絵麻は待ちきれずに定時である五時半に退社する。

「なに急いでるの〜？　デートかしらねぇ」

　真梨香に冷やかされながら、絵麻はオフィスを出て地下鉄に乗った。最寄りの淀屋橋《よどやばし》駅で降りて、帰宅するため駅に向かう人たちに逆流するように歩道を歩く。

　ほどなくして林立する高層オフィスビルの中に、ガラス張りの近代的な十階建てのビルが見えてきた。琉斗から送られてきたメッセージの写真と同じだ。

　腕時計を見ると、六時になったばかりである。

（ちょっと早く来すぎちゃった）

　カフェバーで食事をするつもりなら、先に入って待っていればいいかとも思ったが、琉斗にはベンチで待つように言われている。プレミオホールディングスの本社ビルは交差点を渡った先にあって、車回しの前を抜けると、隣のビルとの間に小さな緑地スペースがあった。そこにはケヤキかなにかの木が植わっていて、ベンチが二つ並んでいる。絵麻は道路が見えるように手前のベンチに腰を下ろした。

　ビルの間を五月の爽やかな風が吹き抜けて心地よく、絵麻は座ったまま大きく伸びをした。

（三十分、なにして待っていよう）

バッグを開けてスマホを取り出そうとしたとき、「あれっ」と言う女性の声が聞こえた。絵麻が顔を上げると、プレミオホールディングス本社ビルの自動ドアから出てきたばかりの女性が、足を止めて絵麻を見ていた。艶のある茶色の髪が肩の上でふわりとカールしていて、小花柄のフェミニンな白いワンピースに、淡いピンクのカーディガンを肩からかけたお嬢様風ファッションの女性だ。腕にはブランドのロゴの入った革のバッグをかけている。

知り合いだろうか？

絵麻は目をこらし、女性の勝ち気そうな顔立ちに見覚えがあることに気づいた。

「え……楠本、さん？」

絵麻がつぶやくと、沙良はつかつかとベンチに近づいてきた。かつて絵麻を『ウドの大木』と呼んだ元クラスメートに遭遇し、絵麻は胃がキュッと縮こまるように感じた。

だが、沙良はそんな過去などなかったかのように、にこやかに話しかけてくる。

「やっぱり水谷さんだ。久しぶりだね」

「う、うん」

「どうしたの、こんなところで」

「ええと、待ち合わせ、なんだ」

「えっ、そうなんだ。へぇ……」

沙良は絵麻の全身をまじまじと見た。

（またなにか嫌なことを言われるんだろうか）

絵麻が警戒していたら、沙良はなにを思ったのか隣に腰を下ろし、膝の上にバッグを置いた。

そんな沙良の行動に絵麻はわけもなく不安になる。

沙良は高校生のとき、誰が見てもわかるくらい、あからさまに琉斗にアピールしていた。女子には琉斗と『お似合い』だと言われていたし、男子にもかわいいから狙っているやつが多い、と言われていた沙良だ。

高校生のとき、琉斗と沙良は付き合っていたのだろうか？

ふとそんな疑問を覚えた。

もしそうだったのなら、なおのこと沙良には琉斗が来る前に帰ってほしい。

絵麻は内心焦りながら沙良に訊く。

「楠本さんは？　仕事帰り、なのかな？」

「そうなの。私、そこのプレミオホールディングスで働いてるの」

沙良は十階建てのオフィスビルを見上げて言った。

「そうだったんだ」

「プレミオホールディングスって言ったら、大手メーカーだもの。私にぴったりでしょ？」

絵麻はなんと答えていいかわからず、曖昧に微笑んだ。沙良は高校生のときと変わらない、自信たっぷりの表情で続ける。

「水谷さんはどこで働いてるの？」

「ランジェリーメーカーだよ」

「ランジェリー？　なんか水谷さんっぽくないね」

沙良はクスリと笑った。

「そうかな」

「そうだよ。それで、なんて名前の会社なの？」

「株式会社ピアチェーヴォレって言うの」

「聞いたことないなぁ。小さい会社？」

「うん、まあ。実店舗は大阪府内に四つあるんだけど、インターネット販売が中心なんだ」

沙良は「ふぅん」と小馬鹿にしたような声を出した。絵麻がここで琉斗を待つのはやめようかと思ったとき、沙良が口を開く。

「そのピアチェーヴォレって会社には、最高戦略責任者なんていないよね？」

「最高戦略責任者？」

「そう。ＣＳＯって呼ばれるの。最高経営責任者は知ってるでしょ？　いわゆるＣＥＯなんだけど」

沙良がなんの話をしようとしているのかわからなかったが、絵麻はひとまず相づちを打つ。

「うん、一応」

「そのＣＥＯに代わって、企業の長期戦略の立案や実施に最終的な責任を負うのがＣＳＯなの」

「そうなんだ」

「プレミオホールディングスのＣＳＯが、私の婚約者なの」

沙良は目を細めて絵麻を斜めに見上げた。

沙良は自慢したいのだろうか。絵麻はなにか褒め言葉を言おうとしたが考えつかず、当たり障りのない返答をする。

「そう。すごいんだね」

「誰だか知りたくない？」

沙良が口元にうっすらと笑みを浮かべ、絵麻は曖昧に笑って首を傾げる。

「ええと……名前を言われても、私は知らないと思うんだけど……」

「知ってるよ」

沙良はきっぱりと言った。

「そうなの？」

「もちろん。水谷さんがよ～く知ってる人だから」

沙良は絵麻の目を睨むようにして続ける。

「城本琉斗くんだよ」

「え……？」

絵麻は沙良の言葉が理解できなくて、瞬きをした。沙良はバッグからスマホを出して画面を操作し、絵麻に向ける。

「ほら見て。プレミオホールディングスの経営幹部の紹介ページ」

沙良は絵麻の顔にスマホを近づけた。画面には沙良の言う通り、プレミオホールディングスの経営陣が顔写真入りで紹介されている。そこには、琉斗の見慣れた顔とともに、〝最高戦略責任者　城本琉斗〟という文字が並んでいた。

「え、嘘……」

（琉斗くんはシトロンスイングのバーテンダーじゃなかったの⁉）

絵麻は食い入るように画面を見つめた。

「やっぱり知らなかったんだね。琉斗くんは二十七歳で会社の経営幹部の一員だし、おまけにあの容姿だから、本当にモテるの。まあ、私もいい大人だから、浮気は容認してる。だって、しょせんは遊びだもの。彼もよくわかってるみたいよ。やっぱり彼のようなイケメンエリートの妻としてふさわしいのは、私のように華のある才女だって」

いったいどういうことなのか？　沙良の話は本当なのか？　琉斗は本当にCSOなのか？　信じられなかったが……企業が嘘の情報をホームページに載せるはずがない……。

沙良の言葉に頭を殴られたようなショックを受け、絵麻は喘ぐように言葉を発する。

「どうして……楠本さんは、そんな話を私にするの……？」

沙良は鋭い目で絵麻を睨む。

「わかってるでしょ？　彼が話してくれたの。あなたは私と正反対だから、ちょっと興味が湧いて付き合ってみたって」

「そ、んな」

「水谷さんは真面目だから、遊びと本気の区別がつかないでしょ？　だから、忠告してあげようと思ったの。彼に本気にならないで。捨てられてつらい目に遭うのはあなたなんだから。彼みたいな人が、華も色気もないウドの大木に本気になるわけないでしょ」

絵麻は膝の上でスカートをギュッと握りしめた。初めて一緒に出かけたときに、琉斗が選んでプレゼントしてくれたスカートだ。

涙が零れそうで、絵麻はうつむいた。沙良が絵麻の顔を覗き込むようにする。

「きつい言い方をしてごめんね。でも、身の程をわきまえてほしかったの。そうしたら、これ以上傷つかなくてすむでしょ」

沙良は絵麻の肩をポンポンと撫でた。

「そ……だね」

沙良の前で泣いて惨めなところを見せたくなくて、絵麻は瞬きをしてどうにか涙を散らした。

大きく息を吸って口を開く。

「私の方こそごめんなさい。城本くんがあなたの婚約者だなんて知らなくて……」

「ううん、いいの。謝らないで。悪いのは琉斗くんだから。あなたみたいな純朴な人に本当のことを言わないなんて、ずるいよね。自分が大企業の経営幹部だって話さなかったのも、きっとその方があなたを口説きやすいと考えたからなんだと思う。普通の人なら、小企業の一社員ごときが大企業のCSOと付き合えるわけないって思うもんね」

沙良が申し訳なさそうな顔になって続ける。

「それで、悪いけど、もう彼とは連絡を取らないで。彼からのメッセージもブロックしてほしいの」

「わかった」

「水谷さん、一人で帰れる？　心配だな。タクシーを呼ぼうか？」

「ううん、大丈夫。じゃあ、私はこれで」

絵麻はゆっくりとベンチから立ち上がった。

「気をつけて帰ってね。私で力になれることがあったら、いつでも言って」

「うん。ありがとう」

絵麻は震えそうになる声をどうにか抑えて言った。そうしておぼつかない足取りで緑地スペースを出る。

「ごめんね」

沙良が謝る声が聞こえ、絵麻は振り返らずに首を左右に振った。このまま地下鉄に乗る気になれず、駅とは反対方向にふらふらと歩く。前からスーツを着た男性グループが歩いてきて、一人の肩が絵麻の肩に当たった。絵麻はよろけて逆の肩が歩道の街灯にぶつかった。

「気をつけろ」

同じくらいの身長の若い男性に睨まれ、絵麻は身をすくませた。

「すみません」

それ以上足が動かず、街灯に力なくもたれる。

（あ、そうだ……ブロック、しなくちゃ……）

絵麻はのろのろと手を動かし、バッグからスマホを取り出した。メッセージアプリを立ち上げて、琉斗のトークを表示させる。彼が言っていた『大事な話』とは、沙良のことだったのだ。それなのに、琉斗に会えると浮かれていた自分がバカみたいだ。

今まで彼がくれた言葉はすべて嘘だったのだ。

絵麻は琉斗をブロックし、続いて電話アプリで彼の番号を着信拒否に設定した。

目の奥がじわじわと熱くなり、涙が溢れそうになって顔を上げた。高層ビルに切り取られた都会の夜空にも、星はいくつか瞬いているはずなのに、涙で曇ってなにも見えなかった。

第十一章　美魔女社長の心遣い

その翌日の金曜日。絵麻はピアチェーヴォレのオフィスの前で深呼吸をして、ドアノブを掴んだ。泣きはらしたせいでむくんでいる目を、どうにかメイクでごまかしたつもりだが、絵麻のメイクテクニックで完全にごまかせているかは怪しい。絵麻はうつむいたままオフィスのドアを開けた。

「おはようございます」

絵麻が挨拶した直後、真梨香の弾んだ声が飛んでくる。

「絵麻！　ついにあなたのデザインしたランジェリーのカタログ見本ができたわよっ」

絵麻は自分のデスクにバッグを置いて、真梨香を見た。

「ほら、見て見て！　早く来なさいよ」

真梨香が社長デスクの向こうから絵麻を手招きした。絵麻はのろのろとデスクに近づく。

「ステキでしょう？　絵麻ががんばったから、一ページ目に持ってきたのよ！　名づけてフィオーレ・シリーズ！　フィオーレはイタリア語で花って意味よ。蕾だった魅力が花開いたってイメージなの」

真梨香はデスクの上にタブレットを置いて、画面を指先でトントンと叩いた。正式発表前のカタログ見本が表示されていて、絵麻がデザインしたランジェリーが掲載されている。ボルドーのランジェリーを身に着けているのは、暗めの茶髪のスレンダーなモデルだ。

「モデルは清楚《せいそ》な雰囲気の子にしてもらったのよ。その方がこのランジェリーのコンセプトに合うから」

真梨香の言葉は本当なら嬉しいはずなのに、絵麻の耳を滑っていった。

「絵麻？」

絵麻が黙っているので、真梨香は怪訝《けげん》そうに絵麻の顔を覗き込んだ。

「なにか……気に入らないことでもあるの？」

真梨香の表情から笑みが消え、絵麻は訴えるように言う。

「このデザインはダメなんです」

「どうして？」

真梨香は眉を寄せた。

「……誘ったらいけない人を、その気にさせてしまうから……」

絵麻の小声を聞いて、真梨香は瞬きをした。

「それがこのシリーズの狙いなんだけど。コンセプトは〝誘う大人の魅力〟よ？」

「そう……でしたね」

絵麻はぼんやりとつぶやいた。

「絵麻、今日は在庫管理をしなさい」

真梨香が突然険しい声になって言った。

「在庫管理……ですか？」

「そう。倉庫の在庫の数を数えてメモして。数え間違えたりしないように気をつけなさい」

「……はい」

「数え終わったら在庫管理ソフトに入力してよ」

「わかりました」

単調な仕事だが、今日はデザイン画を描ける気がしないので、むしろありがたい。

絵麻は一礼して社長デスクを離れた。


ランチタイムにコーヒーを飲んだ以外、絵麻はオフィスの隣にある倉庫代わりの部屋で、段ボール箱に収められている在庫の数をひたすら数えていた。夕方になってオフィスに戻り、紙にメモした在庫数をパソコンで専用のソフトに入力する。

「うん、誤納品や数量違いなどのミスはなさそうね」

真梨香が絵麻のデスクに腰かけ、パソコンを覗き込んで言った。

「あ、はい」

「それが終わったら、飲みに行こう。社長命令だから」

真梨香は有無を言わせぬ口調で言った。相変わらず突然誘ってくるが、逆らう気力はない。絵麻は言われた通り入力を終えると、バッグを持って真梨香と一緒にオフィスを出た。

「今日は賑やかなところがいいわね～」

真梨香は言いながら、レストランが数多く入る駅前のビルに絵麻を連れていった。エレベーターで五階に上がり、こじゃれた洋風居酒屋に入る。

「いらっしゃいませ！　二名様ですね？　こちらへどーぞぉ！」

テンションの高い男性店員が、絵麻と真梨香を壁際の二人掛けのテーブル席に案内した。まだ六時になったばかりだというのに、店内は学生グループや会社帰りのビジネスマンなどの客で八割くらい埋まっている。

「ドリンクは赤ワインのハーフボトルね。グラスは二つ。それから野菜スティック、チーズの盛り合わせ、ササミの梅肉ロール……」

いつものごとく真梨香が勝手に食べたいものを注文していく。食欲が湧かない絵麻は、真梨香にオーダーを任せた。ほどなくしてドリンクが運ばれてきて、それぞれのグラスに赤ワインが注がれる。

「ごゆっくりどうぞ～」

料理をいくつか運んできた店員がテーブルを離れ、真梨香がグラスを持ち上げた。

「はい、お疲れ様」

「お疲れ様です」

絵麻もグラスを持ち上げ、真梨香のグラスと軽く合わせた。真梨香は赤ワインを一口飲んで言う。

「うん、居酒屋のワインだけど、悪くはないわね」

絵麻も口をつけたが、正直、あまり味はわからなかった。そもそも昨日からずっと食欲がなく、食べ物や飲み物を口に入れてもおいしいと感じないのだ。

「ササミの梅肉ロールも意外といけるわよ。パサパサしてるかと思ったけど、料理の仕方がうまいのね」

真梨香はおいしそうに食べていたが、絵麻が一向に食べようとしないので、ついに箸を止めて絵麻を見た。

「それで、なにがあったの？　なにもないなんて言ったって、嘘だってわかるんだからね」

「そう……ですよね」

絵麻は力なく笑った。

「さあ、話してごらんなさい」

真梨香に促されて、絵麻はワイングラスを両手で持ち、ぽつりぽつりと話し始める。

「昨日、付き合ってる人と会う約束をしてたんです」

「リュウくんと？」

真梨香に訊かれて、絵麻はやはり気づかれていたのか、と思いながら頷く。

「はい。それで待ち合わせ場所に行ったら――」

そうしたら高校のときの同級生に会ったこと。彼女から実は琉斗が大企業の最高戦略責任者で、彼女の婚約者であること、彼が浮気をしていることは知っていると言われたことなどを説明した。

「それで……身の程をわきまえるように言われて。そうだよな～って思ったんです」

絵麻が話し終わるなり、真梨香は怒った声を出した。

「は？　身の程ってなに⁉」

「え、だって、彼は大手企業のＣＳＯだけど、私は……ただの平社員だし」

小企業の、という言葉は真梨香に気を遣って呑み込んだ。

「ムカツクわね、その女。いったい何様のつもりなのっ」

真梨香がいつになく怒っていて、絵麻は驚きながら社長の顔を見た。

「ぜんぜん納得いかない。あの瑛二さんの甥っ子のリュウくんが、そんな嫌味《いやみ》な女と婚約してるなんて」

「でも、美男美女でお似合いではありますよ」

「絵麻はなんでライバルの肩なんか持つのよっ」

「そもそもライバルになんてなれませんから……」

「気に入らない！」

真梨香が大きく頬を膨らませた。美しい顔に似合わないその仕草に、絵麻は戸惑いを覚える。

「真梨香さん……そんなに怒ってくれなくていいですよ」

「いーや、怒る。納得できない。うちの大切な社員を本当に弄んだのだとしたら、いくら瑛二さんの甥っ子でも許せない」

「ええと、真梨香さん、酔ってます？」

「酔ってない！　私は怒ってるのよ！」

真梨香のあまりの怒りように、なぜだかなだめなければいけない義務感に駆られ、絵麻は真梨香のグラスに赤ワインを注ぐ。

「あの、どうぞ飲んでください」

「絵麻も食べなさいよっ。食べないと許さないわよっ」

真梨香の怒りの矛先が絵麻に向き、絵麻は反射的に箸を取った。

「社長命令よ。ここの料理を全種類、半分ずつ食べなさい」

真梨香が絵麻の取り皿に次々と料理をのせ始め、絵麻は仕方なく野菜スティックをつまんでかじった。

「絵麻、今夜は私の部屋に泊まりなさい。社長命令よっ」

店を出てエレベーターに乗り込むなり、真梨香が言った。今日はやけに社長命令を乱発するが、従う従わない以前に、真梨香の目が据わっていて、一人にするのはよくない気がした。

「わかりました」

絵麻は真梨香に連れられるまま、彼女の住むマンションに向かった。真梨香が住んでいるのは、ピアチェーヴォレが入るオフィスビルとは公園を挟んだ場所にある中層マンションだった。真梨香は最上階の一〇〇一号室に絵麻を案内する。

「着いたわよ」

絵麻は真梨香が酔っているのだと思っていたが、真梨香はしっかりした足取りで１ＬＤＫの部屋に入り、リビングのソファを倒してソファベッドにした。続いてクローゼットからブランケットを出して広げ、絵麻にシルクのパジャマを手渡す。

「寝るときはこれを着なさい。先にシャワーを使っていいわよ」

真梨香は絵麻をじぃっと見た。ほんのり明るいリビングの明かりの下、真梨香は顔にいたわりの色を浮かべているように見えた。

いつも一方的に誘ってきて、今日だって強引に連れてこられたように思う。けれど、もし社長に誘われずに一人で帰宅していたら、きっと食事も摂《と》らなかっただろうし、うじうじ泣きながらベッドに潜り込んでいただろう……。

絵麻は真梨香の心遣いに胸がじぃんとしてきた。

「ありがとうございます。お言葉に甘えます」

「化粧品やシャンプー類は勝手に使っていいわよ。私は自分の部屋にいるから、ほかになにか必要なものがあったら声をかけて」

「はい。本当にありがとうございます」

絵麻は心からの感謝を込めて言った。真梨香は頷き、玄関に近い洋室の中に消える。

絵麻はバスルームに入り、バラの香りのするシャンプーやボディソープで全身を洗ったあと、極上の肌触りのパジャマに袖を通した。おかげでかなりすっきりした気分になり、洋室にいる真梨香に声をかける。

「真梨香さん、おやすみなさい」

「おやすみ。ゆっくり眠るのよ」

ドアの向こうからくぐもった声が返ってきた。

「はい、ありがとうございます」

絵麻はリビングの電気を消してソファベッドに横になった。昨日ほとんど眠れなかったせいか、すぐにまぶたが落ちてきた。

第十二章　本当の自信と自分の心

翌朝、絵麻はコーヒーの芳《こう》ばしい香りで目を覚ました。目をこすって辺りをキョロキョロする。大きな窓にはライトグリーンのカーテンがかかっていた。キッチンカウンターの前のスツールには、レースをたっぷり使ったシルクのパジャマ姿の真梨香が脚を組んで座っていて、優雅な仕草でコーヒーを飲んでいる。

(そうだった……。昨日は真梨香さんに連れてこられて、真梨香さんの部屋に泊まったんだった……)

「おはよう。よく眠れたみたいね」

真梨香がコーヒーカップを下ろして言った。絵麻はソファベッドに体を起こす。

「おはようございます。おかげ様でぐっすり眠れました」

「コーヒー飲む？」

「あ、はい。ええと」

絵麻は会社でするように自分で淹れるべきかと思ったが、真梨香がカウンターに自分のカップを置いて立ち上がった。カウンターを回ってキッチンに行き、コーヒーカップにドリップコーヒーを淹れる。

「どうぞ」

真梨香がカップを持ってきたので、絵麻は慌ててソファベッドを下りた。

「ありがとうございます」

絵麻は真梨香からカップを受け取り、隣のスツールに座った。真梨香はカウンター下の棚に置いていたクラッチバッグから、四つ折りにされたA４サイズの紙を取り出す。

「これを絵麻に渡すように頼まれたの」

「誰からですか？」

真梨香は絵麻の問いに答えないまま無言で紙を差し出し、絵麻はそれを受け取った。普通のコピー用紙のように思えるが、広げると缶カクテルの絵がボールペンで手描きされていた。中央にはオレンジが飾られたカクテルグラスが大きく描かれ、その上半分に重ねるように、アルファベットで〝ＥＭＭＡ〟と書かれている。飲み口のすぐ下辺りには、小さく〝ＰＲＥＭＩＯ〟の文字が入っていた。

画像などではなく手描き――それも急いで描いたようなもの――なのが不思議で、絵麻は首を傾げながら真梨香を見た。

「これはプレミオホールディングスの製品なんですか？」

真梨香は自分のコーヒーカップを持ち上げながら答える。

「まだ商品化はされてないわ。試作段階なんですって。絵麻の好きな爽やかな甘さのカクテルとして、クリスマス前の販売を目指しているんだそうよ」

話がまったく読めず、絵麻は真梨香とデザイン画を交互に見た。真梨香はコーヒーを一口飲んで言う。

「昨日、絵麻が寝たあとにシトロンスイングに行ってきたの」

「えっ、どうしてですか？」

「リュウくんに文句を言ってやろうと思って」

「ええっ、ほんとですか⁉」

真梨香が部屋を出たことにぜんぜん気づかなかったが、それ以上に琉斗に文句を言いに行こうとしたことに驚いた。

「当たり前じゃないの。うちの社員を弄ぶなんて許さないって言ったでしょ」

弄ぶ、と聞いて、絵麻の胸がじくじくと痛みを思い出した。その痛みをこらえて、絵麻は問う。

「真梨香さんは……琉斗くんがプレミオホールディングスのＣＳＯだって知ってたんですか？」

「……ええ。瑛二さんの甥っ子だからね。それに、彼、大学生のときはシトロンスイングでアルバイトをしてたし。でも、リュウくんがＣＳＯに就任したとき、誰にも話さないでほしいって瑛二さんに頼まれたの。リュウくんのステータス目当ての女性が店に押し寄せてきたら困るから。

絵麻には教えたかったんだけど……約束してたから」

「そうですか……。それで、琉斗くんはいたんですか？」

「ええ。昨日はお客として来てたみたい。カウンター席で飲んでたから。でも、ひどく落ち込んだ様子だった。そして、私を見るなり、『絵麻に約束をすっぽかされたかと思うと、突然メッセージをブロックされ、着信拒否もされているんです。理由を訊こうと部屋を訪ねたのに、応答してくれません。真梨香さん、なにか知りませんか？』って言ってきたの。まあ、絵麻は私の部屋にいたから、応答しないのは当然と言えば当然なんだけど」

琉斗がそんなふうに言ったということは、彼は絵麻が沙良のことを知ったとは思っていないのだろう。

「だから、『私が絵麻を飲みに連れていったの。今は私の部屋で寝てる』って教えたの。だけど、理由は話さなかった。そういうのは本人同士で話し合うべきだと思ったから。絵麻も大人なら、一方的にブロックや着信拒否なんかしないで、きちんと彼と向き合いなさい」

絵麻は黙ってコーヒーカップを両手でギュッと握った。

真梨香にそう言われても、自分から傷つきに行くようなことはしたくなかった。

「琉斗くんは……ほかになにか言っていましたか？」

絵麻が訊くと、真梨香は絵麻が持っているデザイン画を視線で示した。

「それを渡してくださいって」

「これを？」

「そう。『絵麻が俺を想ってランジェリーをデザインしたように、俺も絵麻を想って新しいカクテルを企画しているんです』って言ってた」

絵麻はデザイン画から顔を背けた。

「そんなことされても、私、ほかの女性と婚約している人とこれ以上付き合いたくありません」

「絵麻、しっかりしなさい」

突然、真梨香が厳しい声を出し、絵麻は驚いて彼女を見た。真梨香は口調同様、厳しい表情で続ける。

「調べてみたけど、プレミオホールディングスの製品に、女性の名前をつけたものはなかった。例の失礼極まりない婚約者って女。なんて名前かは知らないけど、その女の名前のカクテルはないはずよ。だけど、このカクテルの名前は絵麻、あなたの名前なの。誰が一時の浮気相手の名前をわざわざ新商品の名前にすると思うのよ⁉」

真梨香の言葉に、絵麻は頬を叩かれたような衝撃を受けた。

「私は絵麻にもっと自分の気持ちを大切にしてほしいの」

「真梨香さん……」

「絵麻には私みたいになってほしくないから」

「真梨香さんみたいに……って？」

絵麻が首を傾げ、真梨香は小さく息を吐いて話し始める。

「……十一年前に初めてシトロンスイングに行った話はしたでしょう?」

「はい」

「何度か通ううちに瑛二さんと親しくなったの。瑛二さんはおいしいカクテルと料理を作ってくれるし、優しく頷きながら私の愚痴を聞いてくれる。そんな彼のことを、いつの間にか好きになっていたのよ」

「えっ」

絵麻は驚いて目を見張った。真梨香はかすかに笑って話を続ける。

「シトロンスイングに行き始めて三ヵ月くらい経ったときに、彼に告白したの。そうしたら、『病気で亡くした妻のことをまだ忘れられないんです』って振られちゃった。でも……私はどうしても彼が欲しかったから、『それでもいいから抱いて』ってお願いしたの」

十一年前と言えば、真梨香は今の絵麻と同じくらいの歳だろう。なんて大胆なんだ、と思う反面、社長らしい、とも思う。

「それで、どうなったんですか?」

「もう二度とお願いしないって約束で、一度だけ抱いてくれた。とても、とても大切に。だから、もしかしたら気が変わったのかもって期待したけど、『君はこれからまだ輝ける人だから、僕みたいなおじさんのことは今日を限りに忘れてください』って言われちゃった」

　真梨香は肩をすくめて小さく舌を出した。彼女らしからぬ子どもっぽい仕草に、真梨香の本心が隠されているようで、絵麻は切なくなった。

「おじさんだなんて……。渋くてかっこいいのに」

「そう思うでしょ？　それで、私、彼に好きになってもらえるようないい女になろうと、必死で仕事をがんばったわ。そのおかげで会社は成長して、事業も年々拡大できてる。だけど、『一度だけ』って約束だったから、私からは二度と気持ちを伝えられないの。だから、彼から告《い》ってくれるのを……十一年も待ってたけど、彼にとって私はずっとお客の一人のまま。瑛二さんは私のために〝ＭＡＲＩＫＡ〟ってカクテルは作ってくれない。これまでも、きっとこれからも」

　真梨香の言葉に胸が締めつけられた。真梨香は寂しげに微笑んだが、真顔になって絵麻の目を覗き込む。

「好きなんでしょ、リュウくんのこと」

　真梨香に問われて、絵麻は目の奥がじわっと熱くなった。自分の気持ちは疑いようがない。

「……はい」

「あなたは言えるんだから。自分の気持ちを伝えることができるんだから。だから、逃げてちゃダメ」

　絵麻は目から涙が一筋零れ、手の甲で拭った。

「……逃げません」

「よし、わかったならそれでいいわ。それでこそ私の無理難題にいつでも応えてくれる頼もしい部下の絵麻らしいわよ」

真梨香の物言いに、絵麻は苦笑を誘われた。真梨香はコーヒーを飲み干して絵麻を見る。

「じゃあ、今から朝ご飯を作って。サニーサイドアップでいいから」

突然話題を変えられ、絵麻はパチパチと瞬きをした。

「サニーサイドアップ、ですか？」

「そう。片面焼きの目玉焼きのことよ。冷蔵庫の中身は勝手に使っていいから、なにかおいしい朝食を食べさせてちょうだい」

真梨香のおかげで元気を取り戻した絵麻は、頷いて答える。

「わかりました。一宿一飯の恩をうんとおいしい朝食でお返ししますね」

「あら、おいしい朝食だけで返しきれる恩ではないはずよ」

真梨香にニヤリとされて、絵麻は眉を下げて情けない顔になる。

「え〜、今日はもう朝食だけで勘弁してくださいっ」

絵麻はこれ以上無茶を言われる前にと急いでキッチンに向かった。


その翌日の日曜日。絵麻はピアチェーヴォレの実店舗の一つを訪れた。ショップ店員に話しかけられるのは緊張するし、他人の手でサイズを測られるのは恥ずかしい。

（でも、この体が私。私が私であることは恥ずかしくないんだ）

絵麻は勇気を出して、ナトゥーラ・シリーズのスイートピンクのブラジャーとショーツを買った。ナトゥーラ・シリーズは女性が自然体で心地よく過ごせることをコンセプトにしている。それを買ったのは、自然な自分に自信を持ちたいと思ったからだ。

それからデパートのコスメ売り場に行って、似合うメイクの仕方を教えてもらった。販売員の女性に勧められて、絵麻の肌の色に似合うというベージュゴールド系のアイシャドウと赤みのある口紅を買った。無難な色味しか使ったことのない絵麻としては冒険だ。けれど、それはもうネガティブな言葉に振り回されないようにしよう、という決意の証でもあった。

そうして絵麻は沙良と対決するための戦闘態勢を整えた。


翌日の月曜日、絵麻は昨日買ったランジェリーと琉斗が買ってくれた服を身に着け、昨日覚えたばかりのメイクをした。そうして金曜日と同じように定時で退社し、六時にプレミオホールディングスの本社ビルの前に着いて、同じように手前のベンチに座って待つ。

プレミオホールディングスの終業時間は六時らしく、しばらくすると社員と思われる人たちが自動ドアから何人か出てきた。その中に沙良の姿を見つけて、絵麻はベンチから立ち上がった。緊張して脚が震えるのを、深呼吸をして落ち着かせる。

「楠本さん」

絵麻が呼びかけると、沙良は足を止めて辺りを見回した。そうして絵麻に気づき、眉を寄せる。

「水谷さん？」

「こんにちは。今日は楠本さんと話したいことがあって来ました」

できるだけ落ち着いた声を出したが、絵麻の心臓はドクドクと音を立てていた。沙良は気乗りしないと言いたげに頭を左右に振る。

「本当に来るなんて。私で力になれることがあったらいつでも言って、とは言ったけど、社交辞令のつもりだったんだけどなぁ」

独り言のようにブツブツ言いながら、絵麻の前で足を止めた。

「で、なに？　私、これから琉斗くんと待ち合わせだから、早くしてよね」

沙良が腕を組んで絵麻を見た。斜めに見上げるその表情は、十一年前、絵麻を『ウドの大木』と蔑んだときと同じだ。あの言葉が呪いのように絵麻を縛った。縛られる必要なんてなかったのに、縛られてしまった。

（私は絶対にウドの大木なんかじゃない）

絵麻は萎縮しそうになる自分を励まし、大きく息を吸って言葉を発する。

「楠本さん、本当に琉斗くんと待ち合わせなの？」

「あ、当たり前でしょっ。どうして私が嘘をつかなくちゃいけないのよ！」

沙良はいら立たしげに横を向いた。

「じゃあ、私も一緒に行くね」

「は!?」

沙良は驚いた顔で絵麻を見た。絵麻はゆったりと微笑んで言う。

「琉斗くんに訊きたいことがあるから会いたいんだ」

「りゅ、琉斗くんはあなたなんかに会いたくないはずだよ」

「私に会いたくなかったのはあなたでしょ、楠本さん」

「な、なにその勝手な思い込み！　いいかげんにしてよ。言ったでしょ、琉斗くんは私の婚約者で、あなたとのことは遊びなんだって。ウドの大木のくせに、ほんとムカツク。早くどこかに消えてよっ！」

沙良は怒ったように顔を赤くして声を荒らげた。沙良が熱くなればなるほど、絵麻は不思議と冷静になっていく。

「ねえ、ウドの大木ってどういうこと？」

「はぁ？　バカじゃないの？　あなたみたいに大きいだけでなんの役にも立たない人間のことを、大きくても柔らかくて役に立たないウドの木に喩《たと》えてるのっ」

「だったら、私はウドの大木じゃない」

絵麻は一歩踏み出し、沙良に近づいた。沙良はひるんだように後退る。

「な、なに言ってんの」

「私が働いている会社は、確かに小規模だけど、社長はとてもすごい人だよ。自分で会社を興して事業を年々成長させている。そんな社長が私を『大切な社員』だって言ってくれた。私は社長が大好きだし、すごく尊敬してる。そんな人に大切だって思われる自分を、私は『なんの役にも立たない人間』だなんて思わない。もちろん、まだまだ未熟だけど、もっと自分を好きになれるよう努力を続けたいと思ってる」

「だ、だからってなによ。あなたなんかぜんぜん美人じゃないしっ。ガリガリで女らしくもないしっ。そんな貧相な顔と体のあなたに、琉斗くんが本当に満足するわけないでしょっ」

沙良は真っ赤な顔で怒鳴るように言った。そんな沙良に、絵麻は哀れみすら覚える。

「ねえ、楠本さん。琉斗くんをそんなふうに評価するのは、琉斗くんに失礼だと思うよ」

絵麻がそう言ったとき、沙良が絵麻の背後を見て「ひっ」と声を上げた。直後、絵麻は後ろから回された腕にふわりと抱きしめられた。

「そして、絵麻にも失礼な発言だよな。絵麻の魅力をぜんぜんわかっていない」

耳元で声がして、絵麻は驚いて後ろを見た。

「りゅ、琉斗くん!?」

琉斗は絵麻の頬に唇を寄せて、今にもキスをしそうな距離で言う。

「今の会話で事情はよくわかった。すべては楠本さんの嘘のせいだったんだな」

絵麻はなぜ彼がここにいるのかわからず、瞬きを繰り返した。

「絵麻が『本当に琉斗くんと待ち合わせなの？』って楠本さんに問いただした辺りから聞いていた。本当はもっと早く割って入ろうと思ったんだが、絵麻がすごく頼もしくてかっこよくて……そんな絵麻の新しい魅力をもっと見ていたいと思ってしまったんだ。ごめん」

「そ、そうなんだ。ぜんぜん気づかなかった」

まだ絵麻の驚きは冷めていないのに、今度は紺色のスーツを着た男性が絵麻の前に現れ、勢いよく頭を下げた。

「申し訳ありません！　先に僕に説明させてください！」

顔を上げた彼は、絵麻と同じくらいの年齢の男性だった。琉斗が腕を解いて、絵麻の横に立つ。

「彼は俺の秘書の島永雅也くんだ」

琉斗に紹介され、絵麻は「はあ」とつぶやいた。そうして急いで自己紹介をする。

「あの、株式会社ピアチェーヴォレの水谷絵麻と申します」

「水谷さん。お噂《うわさ》はかねがね」

雅也が握手を求めるように右手を伸ばしたので、絵麻は反射的に握手をした。その手を琉斗が握って下ろさせると、不機嫌そうな声を出す。

「それよりちゃんと二人にわかるように説明してくれ」

雅也は彼が絵麻の手を握ったことに琉斗が不機嫌になったのだと瞬時に理解したようだ。

「あ、はい、すみません」

小さく咳払いをして絵麻を見る。

「本当に申し訳ありませんでした」

再び雅也に頭を下げられ、絵麻は戸惑って雅也から琉斗に視線を動かした。

「いったいどういうこと？」

「まあ、俺にも責任はあるんだけど……」

琉斗の言葉に続けて雅也が口を開く。

「一ヵ月半前、こちらの楠本さんは受付担当者として派遣会社から派遣されてきて以来、時間も場所も考えず、ＣＳＯの迷惑も顧みず、猛アピールを繰り返していたんです」

「え」

絵麻は思わず沙良を見た。彼女は顔を赤くして目を逸らす。

「それは僕の懸念でもあったのですが、お父様がご病気で家族のために家計を支えているとおっしゃる楠本さんを、こちらも無下にはできず、ＣＳＯも悩んでいました。そんなＣＳＯがこの三週間ほど、とても楽しそうだったんです。そこで、理由をお尋ねしましたら、『高校の同級生と付き合うことになったんだ』とおっしゃっていました」

雅也が言葉を切り、琉斗が複雑そうな表情になって言う。

「すまない。つい嬉しくて絵麻のことを話してしまったんだ」

「付き合っていることを秘書さんに話しても、私は別に気にしないけど……」

絵麻はおずおずと言葉を挟んだ。

「それだけじゃなく、絵麻は俺がCSOだと知らずに付き合っていることも話したんだ」

琉斗が申し訳なさそうに言うのを聞いて、雅也は苦渋の表情になる。

「そのあと、僕が出すぎた真似《まね》をしてしまったんです。楠本さんの行動が目に余ってきてましたので、釘を刺そうと思って、僕が勝手に楠本さんに、『CSOは高校の同級生とお付き合いされているので、これ以上CSOの仕事と私生活の邪魔をしないでください。彼女はあなたと違って、身分を明かしていないCSOとお付き合いされるような無欲で純粋な方なのです』と言ってしまったんです」

「それで先週の金曜日、楠本さんは私がベンチに座っているのを見て、私に声をかけてきたんだ」

絵麻が沙良を見ると、沙良はふて腐れたような顔になった。

「そうよ。最初は高校生のとき私を振った琉斗くんがまさかあなたなんかと、って信じられなかった。でも、話しているうちに、琉斗くんが付き合っているのは水谷さんなんだって気づいたの」

琉斗が沙良に向き直った。

「楠本さんのこれまでの行動は社会人としても人としても目に余るものだった。だが、お父さんがご病気だと聞いていたから、楠本さんの派遣元の会社に楠本さんの勤務態度を報告するのは控えていたんだ。報告したせいで、楠本さんが職を失ったらかわいそうだと思ったからね。それなのに、驚いたよ。今日の昼休み、楠本さんがランチに出ている間に、お父さんが来られたんだ」

「えっ⁉」

沙良が驚いて声を上げ、雅也が話を引き継ぐ。

「もう一人の受付の女性に、『仕事で近くまで来たので寄らせてもらったんですが、沙良は休憩中ですかね？』って尋ねていらっしゃるところに僕が通りかかったので、『お体は大丈夫なんですか？』ってお訊きしたんです。そうしたら不思議そうに、『毎日変わらず現場に出て、若い大工を監督してますよ。この十年、風邪一つ引いてません』っておっしゃってましたよ」

沙良はしまった、というように顔を歪めた。琉斗は苦々しげに言う。

「楠本さんの話はいったいどこからどこまで嘘なんだろうね？」

「……琉斗くんのことが好きなのは本当だよ……」

沙良は訴えるような表情で琉斗を見たが、彼は沙良に厳しい視線を向けた。

「そんな言葉が本当だとは思えないくらい、君はやりすぎた。俺は君と婚約するどころか付き合ったことすらないのに、嘘をついて俺たちの仲を裂こうとして、絵麻を傷つけた」

沙良は顔を背けた。その横顔が少し寂しげに見えて、絵麻は沙良に声をかける。

「楠本さん……大丈夫？」

沙良は絵麻をキッと見た。

「なによ、私に勝ったとでも思ってるの⁉　冗談じゃないわ。あなたみたいな小企業の地味な平社員、いつ捨てられるかわからないんだから、いい気になるんじゃないわよっ！」

沙良が「ふんっ」と鼻を鳴らし、琉斗は低い声で言う。

「楠本さん、かつてのクラスメートとして忠告させてもらうと、肩書きや容姿で人を判断するのはやめたほうがいい」

「そういうのはあなたが肩書きや容姿がいいから言えるのっ」

「だが、高校生のときの絵麻は、楠本さんが『もっと背が高かったら完璧なのに』と言った、君にとって完璧じゃない俺を好きになってくれた。そして、俺がプレミオホールディングスのCSOだと知らずにまた恋をしてくれた。俺はそんな絵麻だから好きなんだ」

琉斗の静かな声を聞いて、絵麻は胸がいっぱいになった。

「琉斗くん……もし琉斗くんがCSOだって知ってても、私はきっと琉斗くんを好きになったと思う」

「絵麻……」

琉斗が表情をほころばせて、絵麻の両手を握った。二人の間が甘い雰囲気になったのに気づき、雅也が咳払いをする。

「えーっと、まあ、そういうことですので、楠本さんにはCSOにところ構わずアピールして業務を妨げるようなことはやめてもらいたいのです」

雅也に続いて琉斗が強い口調で言う。

「これまでの楠本さんの勤務態度は派遣会社にきっちり報告させてもらう。厳しい結果になるだろうけど、君が招いた結果だ」

「い、言われなくたってわかってるっ。私だってプレミオホールディングスにいつまでもいるつもりはないんだからっ」

沙良はくるりと背を向け、肩を怒らせて歩き出した。その背中に琉斗が声をかける。

「楠本さん、帰る前に絵麻に言うべきことがあるだろう」

沙良はピタリと足を止めた。そうしてしばらく立ち止まっていたが、やがてゆっくりと後ろを向き、しぶしぶといった表情で口を開く。

「み、水谷さん、意地悪なことを言って……ごめんなさい」

「俺の大切な絵麻を二度と傷つけるな。そんなことをすれば、相手が誰であれ、俺は容赦しない」

琉斗に厳しい声で言われて、沙良は唇を噛んだ。どうあっても琉斗の心が自分に向くことがないと悟ったかのように、諦めた顔になる。

「……ご迷惑をおかけしてすみませんでした」

沙良は頭を下げると、顔を伏せたまま背を向けて逃げるように歩き出した。

「ようやく反省したんでしょうか……」

雅也は疲れと呆れの混じった声を出したが、すぐに琉斗に向き直る。

「さて、では、僕は今から残りの業務を片づけてきます。運転手にも戻るように言っておきますね。CSOは今日はもうお戻りにならないということで、処理を進めます。それでは、CSO、水谷さん、失礼いたします」

雅也は一気にそう言うと、一礼してビル前の車回しに向かった。エンジンをつけたまま停車していた黒の高級車に近づき、開いていた運転席の窓から初老の運転手になにか声をかけた。運転手は頷き、琉斗に向かって会釈をして、車をスタートさせた。車は敷地を回って地下駐車場に入っていく。一方の雅也はそのまま足早に自動ドアからビルの中に消えた。残された絵麻は半ば呆気にとられたまま琉斗の顔を見る。

「ええと、琉斗くんはどうして私がここにいるって気づいたの？　私、楠本さんと話をしたら、琉斗くんが出てくるまで待つつもりだったんだけど」

「さっきあそこに黒い車が停まっていただろう？」

琉斗が車回しを指差した。初老の男性が運転する高級車が停まっていた場所だ。

「うん」

「あの車で取引先から戻ってきたところだったんだ。窓から絵麻の姿が見えたから、運転手を待たせて降りてきた」

(さすがはCSO……。運転手つきの車で送迎されているなんて)

そんな絵麻の思考を読んだかのように、琉斗が言う。

「普段は自分で運転する方が好きなんだが、移動の時間にオンライン会議が重なったりすると、運転手にお願いしている」

「そうなんだ」

「こういう話をして……絵麻に引かれるのが心配だった」

「だからCSOだってことを秘密にしてたの？」

絵麻の問いに、琉斗は困った顔になって答える。

「秘密にしてたというより……話す機会がなかったって方が正確かな。だけど、大学生のときはシトロンスイングでアルバイトをしてたし、今でも息抜きをしたいときや新しいカクテルを思いついたときには、叔父さんに頼んで店を手伝わせてもらっている。だから、バーテンダーの俺も城本琉斗の一部なんだ」

「そう……だよね。バーテンダーの琉斗くんもCSOの琉斗くんも、私の好きな琉斗くんだ」

絵麻はしみじみと言った。琉斗が絵麻の耳に唇を寄せる。

「同じように、カーテンの中で泣いていた絵麻も、セクシーなランジェリーで俺を誘う絵麻も、俺の大好きな絵麻だ」

琉斗の言葉を聞いて、絵麻は顔を赤くして目を見開いた。

「わ、私、琉斗くんを誘ったことなんてないよ！」

「そうかな？」

琉斗は楽しげな笑い声を上げて、絵麻の右手を取った。

「ま、待って！　ここって琉斗くんの会社の前だよ！」

絵麻は慌てて右手を引っ込めようとしたが、琉斗はギュッと握って離さなかった。

「だから？」

「だからじゃなくて！　見られたら困るでしょ？」

琉斗は「うーん」と少し考えるような声を出してから、にっこり笑って絵麻を見た。

「俺は困らないけどな。絵麻は困るの？」

「え？　わ、私も困らないけど……」

絵麻は口の中でもごもごと答えた。

「だったら構わないだろ。それより、今日はこのまま一緒に過ごせるよな？」

琉斗に顔を覗き込まれ、絵麻は距離の近さに思わず顎を引いた。さすがにこんなところで、間違ってでも唇が触れたらマズイだろう。

「う、うん、大丈夫」

「今日は一緒にシトロンスイングに行かないか？」

「シトロンスイングに？」

「ああ。叔父さんに絵麻と仲直りできたって報告したい」

絵麻は土曜日の朝、真梨香から聞いた話を思い出した。

「いいよ。真梨香さんが乗り込んでいったから、きっと瑛二さんにも心配かけちゃったよね」

「そうだな。でも、叔父さんは俺たちのことを心配しただろうけど、それ以上に真梨香さんが来てくれて嬉しかったんじゃないかな」

「そうなの？」

「叔父さん、自分では絶対に認めないけど、真梨香さんが来たらいつも一瞬笑うんだ。すぐに真顔に戻るけど」

「へえ……今度注意して見てみよう」

絵麻がつぶやいたあと、琉斗が言う。

「それから、今考えている新商品のカクテルを作るから、感想を聞かせてくれないかな？」

「もしかして、あのデザイン画にあった〝ＥＭＭＡ〟ってカクテル？」

「ああ。だが、商品名はまだオフレコで頼む」

琉斗は片目をつぶり、右手の人差し指を立てて自分の唇に当てた。そのいたずらっぽい仕草に絵麻はワクワクしてくる。

「もちろん！　どんな味なのか、すごく楽しみ」

「絵麻のことを考えながら作ったんだ」

琉斗は絵麻の右手を持ち上げて、指先に軽くキスをした。絵麻は頬が熱くなるのを感じ、照れを隠すようにわざとおどけた声を出す。

「あっ、バーテンダーの制服姿の琉斗くんがまた見られるんだよね？　もっと楽しみ～」

「俺は酔って大胆になった絵麻を見られるのがもっともっと楽しみ～」

琉斗に口調を真似て言い返され、絵麻は今度は青くなった。

「えっ、酔って大胆に……って、私、なにしたの？　いつ？」

「ゴールデンウィーク前の土曜日だ」

「ええと、一緒に料理したときだよね？　あのときは普通に飲んだ記憶しかないんだけど」

不安になる絵麻に、琉斗は軽く首を横に振った。

「あれを覚えていないのかぁ。残念だなぁ」

その言葉を聞いて、絵麻はますます青ざめる。

「えっ、嘘、私なにしたの？　お願いだから教えてよーっ」

絵麻が必死の声を出し、琉斗はクスリと笑った。

「すごくかわいかったよ。絵麻からいっぱいキスしてくれた」

「……それだけ？」

「どうかな」

琉斗は思わせぶりに笑い、絵麻の手を引いて歩き出した。絵麻は情けない顔になる。

「お願い、今日はノンアルコールのカクテルを作って！」

「アルコール飲料メーカーのＣＳＯにそれを言うかな？」

琉斗はわざと呆れた口調で言った。

「プレミオホールディングスはノンアルコールの缶カクテルだって製造してるじゃない！」

「心配しなくても大丈夫。あんなかわいい絵麻は俺だけのものだ。みんなに見られないよう、今日は絵麻を酔い潰させたりしない。だから、安心して」

琉斗は再び絵麻の指先にキスを落とした。絵麻は指先から全身へ、くすぐったいような幸せが広がるのを感じた。

彼の存在は本当に、絵麻に自信と安心をくれる。

第十三章　部下の恩返し⁉

「わあ、真梨香さん、見てくださいー　この部屋、すっごくきれいで広いですよっ」

白のロングワンピース姿の絵麻は、案内されたオーシャンビュースーペリアルームを見て目を輝かせた。室内は広く、ツインのベッドはそれぞれダブルベッドくらいの大きさだ。おまけにオーシャンビューのテラスには露天風呂がついている。

「いいわね。景色もきれい」

シャーリング襟のレーシーな黒のタンクトップに小花柄のマーメイドスカートという格好の真梨香は、サングラスを外して窓に近づき、五階の窓からの景色を眺めた。和歌山県西牟婁《にしむろ》郡白浜《しらはま》町にある高級ホテルの窓からは、美しい白良浜《しららはま》が望める。七月に入ったばかりだが、土曜日の浜辺にはカラフルなパラソルがたくさん咲いていて、ワンタッチテントもあちこちに設置されている。

「商店街のクジで当たったにしてはいいホテルじゃないの」

真梨香の言葉を聞いて、絵麻は心の中でガッツポーズをした。今回の一泊二日の旅行は、真梨香と瑛二の仲を取り持つために絵麻と琉斗で計画したものだ。真梨香には『商店街のガラガラでペア温泉宿泊旅行が当たったので、いつもお世話になっている真梨香さんと一緒に行きたいんです！』と言って誘っている。

「本当にリュウくんと来なくてよかったの？」

真梨香に訊かれて、絵麻は大きく頷く。

「はい、もちろん！　真梨香さんには日頃からものすご〜くお世話になってますから！　どうしても恩返しがしたかったんです！」

真梨香は目を細めて微笑んだ。

「ふふ、いつぞやはリュウくんとの誤解も解いてあげたものね。絵麻が私に感謝して当然よね」

「はい！　おかげ様で琉斗くんとは今でもすっごく仲良しですよ！」

「その仲良しのリュウくんは、今日はどうしてるの？」

真梨香に訊かれて絵麻は一瞬ギクリとしたが、すぐに笑顔で答える。

「えっと、私が真梨香さんと旅行に行くって言ったら、瑛二さんと酒蔵巡りでもしようかなって言ってました。きっとどこかで瑛二さんと地酒を飲んでるんじゃないでしょうか」

絵麻はクローゼットの前にキャリーバッグを置いた。

「真梨香さん、水着持ってきましたよね？　海に行きましょうよ」

真梨香はテラスの前のソファにゆったりと腰を下ろした。

「なにか飲みたいわね」

「じゃあ、お茶かコーヒーを淹れましょうか？」

「ううん、お酒。ホテルのバー、まだ開いてないかしら」

真梨香の言葉を聞いて、絵麻は思わず「えーっ」と声を上げた。

「まだ日は高いですよ。バーは夕食のあとにしましょうよ」

「でも、海は人だらけだもの。それに日焼けするのは嫌」

「真梨香さんは海に行ってもパラソルの下にいて泳がないタイプですか？」

「……海に誘ってくれる人なんていないから」

真梨香がぽつりとつぶやいた。真梨香のような美魔女社長なら、誘ってくれる男性は多そうだが……誘われたい人は一人しかいないのだろう。

絵麻は真梨香の寂しそうな声を吹き飛ばそうと、元気よく手のひらをポンと打つ。

「そうだ！　海岸を散策しましょうよっ。お土産屋さんもいっぱいあるみたいですし、みんなにお土産買いましょう！」

「お土産ならホテルの売店で絵麻がテキトーに買っておいて」

「んー、もう！　なに言ってるんですかっ」

絵麻は腕時計をチラリと見た。三時に近いから、そろそろ出かけた方がいいだろう。さすがに同じフロアにするのは怪しまれると考え、琉斗と瑛二が泊まる部屋は別のフロアにしてもらっている。そのため、三時頃に一階の土産物店で偶然を装って会う手筈《てはず》にしているのだ。

「じゃ、真梨香さん、散歩に行きましょう！　私、特急列車の中でおやつを食べすぎちゃったんで、お腹空かしに行きたいです」

「一人で行けば？」

「もーっ、真梨香さんってばどうしてそんなに冷たいんですかぁ」

絵麻は泣きそうな顔で続ける。

「お願いだから一緒に来てください。一人じゃ寂しいんですぅ。ねえってば、真梨香さ～ん」

絵麻のしつこさに、真梨香は降参とでも言いたげに軽く両手を挙げてため息をついた。

「仕方ないわね。少しだけよ」

「はい！　ありがとうございますっ」

絵麻はストローハットを被ってカゴバッグを持ち、真梨香を部屋の外へと促した。エレベーターで一階に下り、土産物店に近づく。

「お土産はあとでいいでしょ？」

真梨香に言われたが、絵麻は店内を見回した。

(早く来すぎたかな……？)

琉斗の姿が見つからなくて焦りかけたとき、絵麻はレジ前に瑛二の姿を見つけた。瑛二はサングラスを買っていて、彼の後ろに琉斗が立っている。

「あれぇーっ、すっごい偶然！」

絵麻の大きな声に反応して、二人の男性が振り返った。琉斗と目が合い、絵麻は軽く頷く。

「琉斗くん、それに瑛二さんも！　わー、こんなところで会うなんてー。びっくりー」

絵麻の白々しい演技を見て琉斗は一瞬笑いかけたが、すぐに驚いた顔を作った。

「驚いたな、絵麻じゃないか。真梨香さんと温泉に行くって言ってたけど、白浜温泉だったのか」

「琉斗くんたちは和歌山の地酒巡りをするつもりだったんだねー。奇遇ぅ」

絵麻は両手を口元に当てた。そんな絵麻に、真梨香は冷ややかな目を向ける。

「なるほど、そういう魂胆だったわけね」

「魂胆って？　やだなーっ、本当に偶然ですよーっ」

絵麻は一生懸命取り繕うとしたが、瑛二も苦笑しつつ言った。

「琉斗とたまに酒蔵巡りをして旅館に泊まるけど、今回はこんなおしゃれなホテルに泊まろうなんて言い出すから、なにかあるのかと思えば」

「……バレバレ、でした？」

絵麻は情けない顔になって瑛二を見た。彼は柔らかく微笑む。

「いいえ、こういう機会でもないと、みなさんと出かけることもないでしょうから」

「よかった。じゃあ、せっかくだから、四人で楽しみましょうよ」

「仕方ないわね」

真梨香は目を伏せて言った。けれど、その口元がほころんでいることに絵麻は気づく。

（やっぱり真梨香さん、瑛二さんに会えて嬉しいんだ。会って早々仕組んだことがバレてしまうなんて、どうなることかと思ったけど……琉斗くんと計画してよかった）

「じゃあ、散歩に行きましょう！」

絵麻はすっかり嬉しくなって「レッツゴー」と右手を挙げた。フロントで鍵を預けて四人で外に出ると、絵麻は琉斗に並んで小声で話しかける。

「水着持ってきた？」

「ああ。絵麻たちは？」

琉斗も声を抑えて言った。

「持ってきたけど、真梨香さんは海は人が多いし日焼けするからって乗り気じゃないの」

「そうか……。じゃあ、明日は海水浴プランから変更だな」

琉斗は右手を顎に当てて言った。絵麻は考えながら別のプランを提案する。

「屋内プールもいいよね。それともパンダの赤ちゃんを見に行く？」

「サイクリングも楽しそうだけど、嫌がられるだろうか？」

「とにかく二人の仲をぐんと近づけなくちゃね」

「そのためにはまずは俺たちが距離をぐんと縮めよう」

琉斗は笑みを含んだ声で言って絵麻の右手を握った。絵麻は指先を絡めて彼に寄り添う。

「海の近くに足湯があるんだって。行ってみたいなぁ」

絵麻は語尾にハートマークをつけられそうなくらい甘えた声を出した。

「そうだね。海岸沿いにあるらしいから散策がてら行ってみよう」

二人がいちゃいちゃしているところを見せつけて、真梨香と瑛二をその気にさせる作戦だったが、絵麻は琉斗と一緒に歩いていることが自然と楽しくなってきた。

「ね、琉斗くん、おいしいお酒に巡り会えた？」

「ああ。酒蔵を三軒回って六種類買ったよ」

「えー、そんなに!?　私も飲んでみたいなぁ」

「白浜から戻ったらいつでも飲ませてあげる」

琉斗の声に続いて、後ろから苦笑交じりの瑛二の声が聞こえてくる。

「あの二人、遠慮しませんね」

「考えてることがわかりやすすぎるわよね」

真梨香の声がして、絵麻が横目で見ると、真梨香と瑛二は異性の友人同士くらいの間隔を開けて歩いている。

（んー、このくらいじゃダメかぁ）

絵麻は内心がっかりしつつも、まだまだこれからチャンスはあるはずだと気を取り直す。

そのまま大勢の海水浴客が行き来する歩道を歩き、海水浴場の近くにある足湯に着いた。目の前が護岸になっていて、その先は海だ。

「こんなに海に近いのに、ちゃんと硫黄の匂いがする」

絵麻が木のベンチに近づいたとき、真梨香が言った。

「そういえば、絵麻、タオルは持ってきたの？」

「あ、しまった。忘れちゃいました」

絵麻が小さく舌を出すと、琉斗が苦笑する。

「それじゃ、俺がどこかで調達してきます」

「私も行こう」

琉斗に続いて瑛二が言った。

「叔父さんは足湯を楽しんでてよ」

琉斗は言ったが、瑛二は首を左右に振った。

「いや、ついでに飲み物も買いたいから」

そうして男性二人が買い物に行ってしまい、真梨香が絵麻に向き直る。

「じゃあ、私たちは先に入ろうか」

「そうしましょう」

絵麻は真梨香と並んで木のベンチに腰を下ろした。サンダルを脱いで足を湯に浸す。源泉掛け流しという贅沢《ぜいたく》さで、湯は熱めだったが、屋根で日差しが遮られていて風が心地よい。

絵麻は真梨香をチラリと見た。真梨香は護岸の右手に見える白い浜辺と楽しそうな家族連れやグループ、カップルの姿を眺めている。

絵麻の視線を感じたらしく、真梨香が絵麻を見た。

「商店街のガラガラで当たったたっていうのも嘘なのね？」

「すみません」

「絵麻に払わせるのは嫌だから、あとで請求してちょうだい」

「いえ。あのホテルはプレミオホールディングスが出資してるので、割引があるんです。なので、普段お世話になっている私たちに払わせてください」

「それなら、リュウくんと瑛二さんに負担してもらいましょ」

真梨香はクスリと笑って、きらめく青い海へと視線を戻した。少しして低い声で言う。

「あなたたちの気持ちは嬉しいけど……私は十一年前に瑛二さんに振られてるのよ」

「……十一年前、ですよね？」

絵麻は探るように言った。

「真梨香さん、ゴールデンウィーク明けに私が琉斗くんに弄ばれてるんだと勘違いして苦しんでたとき、言ってくれましたよね？『逃げてちゃダメ』って。真梨香さんも逃げてちゃダメです。瑛二さんのこと、まだ好きなんでしょう？」

「……生意気」

真梨香はぽつりと言った。しばらくぼんやりと海を眺めてから、口を開く。

「いつになったら亡くなった奥さんを忘れてくれるんだろう。いつになったら私のことを見てくれるんだろう……。そう思ってるうちに、十一年も経ってしまったのよ」

「真梨香さんらしくないです」

「私らしいってなによ？」

真梨香は横目で絵麻を見た。目つきが鋭くなったが、絵麻はひるまずに言う。

「やりたいことがあったら、他人の迷惑も顧みずに突き進むじゃないですか」

「絵麻、あなたねぇ、言い方ってものがあるでしょうが」

真梨香は不満そうに言って絵麻の頬を軽くつまんだ。

「痛いです、真梨香さん」

「ほんとに生意気なのよっ。ほんの三ヵ月前までは、スポーツブラもどきのブラをデザインしてた処女だったくせに」

「ちょっ、真梨香さん、こんなところでしょ……とか大きな声で言わないでくださいよっ」

絵麻は「しーっ」と右手の人差し指を唇に当ててから、誰かに聞かれていないか辺りをキョロキョロ見回した。その視界に、琉斗と瑛二が戻ってくるのが映る。

「あ、琉斗くんたち戻ってきましたよ」

絵麻が手を振り、琉斗が振り返した。真梨香と瑛二には隣同士に座ってもらおうと思ったのに、二人は絵麻と琉斗を挟んで座った。

前途はなかなか多難そうである。


足湯と散策を楽しんだあと、夕食は予約していた最上階の創作フレンチレストランに行った。もともと四人で一緒のテーブルに着く計画だったので、予約も四名で取っていたのだ。

案内された窓際の席からは夕暮れの海がよく見えた。バラ色に染まる雲がとてもロマンチックだ。

料理もすばらしく、地元和歌山の厳選した旬の食材を使っているだけあって、勝浦産マグロのマリネや活サザエの香味バター仕立て、牛フィレ肉のグリル・夏野菜添えなど、新鮮でおいしかった。そうして気づけば四人でワインのボトルを三本も空けていた。ほとんどは絵麻以外の三人――特に真梨香と瑛二――が飲んだのだが。

「さすが瑛二さんもお酒強いんですね」

絵麻はほんのり赤くなった顔で、斜め向かい側に座っている瑛二に言った。

「そうですね。お酒が好きなのもあって、十五年前までは私もプレミオホールディングスで働いていました」

「えっ、それは初耳です」

「新商品の開発をしていたんですよ」

瑛二に続いて真梨香が言う。

「だから、今でもバーでオリジナルカクテルを作ったりするのよね」

「へー、それはすごいですね。じゃあ、あのメニューの中に瑛二さんのオリジナルカクテルがあるんですか？」

絵麻の問いに真梨香が答える。

「いいえ、裏メニューなの。一部の常連客しか知らないわ」

「もちろん真梨香さんは知ってるんですよね？」

「そうね。初めて誕生日に作ってもらったオリジナルカクテルは、今でも忘れられない味よ。名前はハッピー・トゥエンティシックスってベタだったけど」

真梨香はワイングラスを持ち上げ、グラスの縁越しに瑛二に視線を送った。少し酔っているのか、かすかに潤んだ瞳が色っぽい。その視線を捉えた瑛二が、口元にほのかに笑みを浮かべる。

二人の間に漂う空気は、熱いとも甘いとも違う切なさを帯びている。

（二人は想い合っているはずなのに……なにが二人の障害になっているんだろう？）

十一年間張り続けた意地なのか。それとも単にきっかけがないのか。今さらと尻込みしているだけなのか……。

（大人ってよくわからない）

自分も充分大人であるにもかかわらず、絵麻はそんなことを思いながら、グラスの赤ワインを飲み干した。

最後に完熟梅のシャーベットを食べてレストランを出た。料理がおいしくてワインが進んだせいか、絵麻は足元がおぼつかない。

「大丈夫か？」

琉斗が気づいて絵麻の肩を抱いた。

「うん、酔っちゃった」

琉斗に寄りかかる絵麻を見て、真梨香が呆れた声を出す。

「ま～た下手な演技して。ほら、部屋に戻るわよ」

真梨香が絵麻の左腕を掴み、絵麻は嫌々と首を振る。

「やです。琉斗くんと一緒がいいです」

絵麻は琉斗に甘えるように抱きついた。

「絵麻、演技はもういいから」

真梨香は絵麻の肩に手をかけた。その手に瑛二がやんわりと手を重ねる。

「二人きりにさせてあげましょう」

瑛二が「ね？」と諭すように真梨香に言い、絵麻の肩にかけていた彼女の手を握った。真梨香は頬を染めて目を動かす。

「でも……」

「琉斗や絵麻さんが選んでくれただけあって、本当にすばらしいお料理でしたね。ワインもおいしくて、私も飲みすぎてしまいました。真梨香さん、酔《よ》い醒《ざ》ましに少し散歩に付き合ってくれませんか？」

「わ、たしが？」

真梨香が驚いたように瑛二を見た。瑛二は目元を緩めて頷く。

「はい。絵麻さんや琉斗を連れていくわけには行かないでしょう？」

瑛二がクスッと笑い、真梨香は肩にかかった髪を後ろに払うような仕草をした。

「そうね。これ以上絵麻のお守りはしたくないし、絵麻のことはリュウくんに任せましょう」

「では、行きましょうか」

瑛二が真梨香の手を握り直した。昼間よりぐっと近づいたとはいえ、これまでの長い年月を示すかのように、二人の間にはぎこちない空気がある。

「瑛二さん、真梨香さんの肩を抱いたらいいのに」

絵麻は焦れったそうにつぶやいた。その目が据わっていて、琉斗はクスリと笑う。

「あれでもやっと距離が近づいたんだよ」

「でも、よかった。今回の旅行を計画した甲斐《かい》があったよね」

絵麻は琉斗から体を離したものの、まっすぐ立てずに再び彼に寄りかかった。

「絵麻が酔ったのは演技じゃなかったんだけどな」

琉斗は絵麻の腰に手を回してしっかりと抱き寄せた。

「ん～ん、渾身《こんしん》の名演技だったでしょ……」

絵麻の眠そうなつぶやき声を聞いて、琉斗は口元に笑みを浮かべ、絵麻の髪を愛おしそうに撫でた。


絵麻が目を覚ましたとき、部屋の中は暗かった。薄暗い天井が見えて、ゆっくりと体を横に向けると、大きな窓の外に白浜の夜空が見えた。月明かりにぼんやりとテラスが照らされていて、露天風呂に黄色い月が浮かんでいる。

（あれ……私……）

絵麻はベッドに起き上がった。レストランを出て、真梨香と瑛二が酔い醒ましに散歩に出たのは覚えている。そのあとものすごく眠くなって、琉斗に部屋まで送ってもらったような……。

絵麻は隣のベッドを見た。薄手の掛け布団が人の形にこんもりと盛り上がっている。

（なんだ、真梨香さん、もう戻ってきてたんだ。瑛二さんと一緒の部屋で朝まで過ごしてくれてもよかったのに……）

でも、そうなったら琉斗くんが困るのか、などと思いながら、絵麻はベッドから下りた。せっかく天然温泉のあるホテルに来たのに、温泉を味わっていないなんてもったいない。

絵麻はバスルームからフェイスタオルとバスタオルを取ってくると、真梨香を起こさないように、暗がりの中、静かにワンピースを脱いだ。下着もベッドの上に置いて、テラスに近づく。外は海しか見えないが、少し恥ずかしくて、体にタオルを巻きつけて外に出た。

エアコンの効いた室内から出ると、夏の夜らしい熱と湿気を含んだ空気に包まれた。タオルを籐《とう》製のソファの上に置き、体をさっと流して大理石の湯船に浸《つ》かった。耳を澄ますと、寄せては返す静かな波の音だけが聞こえる。これ以上ない癒やしのＢＧＭだ。

「ふぅ、気持ちいい……。なんて贅沢……」

絵麻は広い湯船の中で両手両脚を大きく伸ばした。

(真梨香さんはこのお風呂、楽しんだのかな)

絵麻は両腕を湯船の縁にかけて顎を乗せた。眼下にはホテルの庭があって、その先に人通りも車通りもない道路と、静かで暗い海が見える。

「癒やされるぅ……」

大きく息を吐いたとき、カラカラとテラスのドアが開く音がした。

「あ、真梨香さん？」

振り返った絵麻は、そこに琉斗が立っているのを見て驚いた。月明かりの中、彼の逞しい裸体が彫刻のように美しく浮き上がって見える。

「えっ、なんで琉斗くんがっ⁉」

「隣で寝てたのに気づかなかったのか？」

琉斗は言いながら絵麻に近づいた。彼が体を濡らして湯船に入るのを見て、絵麻の鼓動がどんどん速くなる。チラリと見えた彼の体の中心は、固く屹立《きつりつ》して天を仰いでいた。一緒にシャワーを浴びたことは何度もあるけれど、お風呂に――しかも屋外の温泉に――一緒に入ったことはない。

「ま、真梨香さんは？」

絵麻はくるりと彼に背を向け、海の方を見た。

「俺たちの部屋だ」

「えっ？」

絵麻は驚いて顔だけ彼の方に向けた。琉斗は湯船にゆったりと背を預けて、大理石の縁に両腕をかける。

「レストランを出て、叔父さんと真梨香さんが酔い醒ましにって散歩に行ったのは覚えてる？」

「うん」

「だから、俺が絵麻を部屋まで送ったんだ。絵麻がベッドに横になってすぐに寝始めたから、しばらく様子を見てた。気持ちよさそうに寝てるから、絵麻を置いて俺と叔父さんの部屋に戻ったんだ。そうしたら鍵がかかってて入れなくて、スマホを見たら、俺の荷物はフロントに預けてあるってメッセージが届いてた」

「それって、つまり……？」

「二人は部屋の中にいて、俺に入ってくるなってことだ」

琉斗の話を聞いて、絵麻は顔が勝手にニヤけていくのを感じだ。

「じゃあ、二人はついにそういう関係になったんだ！」

「やっとな」

「よかった！　じゃあ、今回の温泉旅行は大成功だね」

絵麻は嬉しくなって海に視線を転じた。その絵麻に琉斗が声をかける。

「絵麻、こっちにおいで」

肩越しに振り返ると、琉斗が絵麻を見つめていた。熱のこもった眼差しを受けて、絵麻の鼓動はさらに高くなる。

「えー……っと、もうのぼせちゃった、かな？」

「さっき入ったばかりだろ？」

「なんで知ってるの？」

「ベッドの中から見てた」

「ええっ」

絵麻が驚いて声を上げ、琉斗は片方の口角を上げて笑う。

「月明かりの中で見た絵麻は、女神のように美しかった」

「そんなの……言いすぎだよ……」

絵麻は恥ずかしくなって口元まで湯に沈めた。

「もっと近くで絵麻を見たい。おいで」

琉斗が片手を伸ばした。まっすぐ伸ばされた腕に誘われるように、絵麻は彼の手に掴まって立ち上がる。肌をしっとりとした湯が滑り落ち、彼の方に歩を進める。

「きれいだ」

琉斗が手を引き、絵麻は湯船の中に膝をついた。琉斗の手が後頭部に回され、彼の方に引き寄せられたかと思うと、唇が重ねられた。

琉斗は握ったままの絵麻の手を彼の肩に置いた。絵麻は体重を預けるように彼の両肩に掴まる。琉斗の手が膝裏に回されたかと思うと、持ち上げられて絵麻は彼の膝に跨がった。

重ね合わせた唇はやがて互いを貪り、キスが熱を帯びて湯の表面が波打つ。

彼の大きな手のひらが絵麻の両の膨らみをしっとりと包み込んで優しく撫でた。お湯の温かさのせいか、普段と違うシチュエーションのせいか、その中心はすぐに固くしこった。やわやわと揉まれて、甘く痺れるような感覚が胸から全身に広がっていく。

「あ……はぁ……」

緩やかな快楽の波が寄せ、絵麻の息が上がり始める。そのとき胸の先端を指でつまれ、絵麻の腰が跳ねた。

「ひゃんっ」

背筋を逸らしたせいで、胸を彼に突き出すような格好になった。その赤く熟れた尖りを彼の唇が優しく含む。

「ああっ、あっ」

舌の上で転がされたかと思うと、強弱をつけてしゃぶられる。

「やっ、んんっ」

「そんなに大きな声を出したら、ほかの部屋に聞こえるぞ」

胸の先端を含んだまましゃべられ、絵麻は腰の辺りがゾクゾクして左の手の甲を口に押しつけた。

「りゅ……とくんが……そんなこと、するから……」

「んー、そんなかわいい声を、ほかの男に聞かせたくはないな」

琉斗は絵麻の唇をキスで塞いだ。そうして絵麻の腰から下腹部へとゆっくりと手のひらを滑らせて、浅い茂みを掻き分け絵麻の中心に触れた。

「ぬるぬるしてるのは……お湯のせいじゃないよな？」

琉斗が唇を離して囁くように言った。

「や、も、言わないで……恥ずかしい」

琉斗は再び絵麻の唇にキスをした。小さく開いた唇の隙間から舌を滑り込ませて、舌を絡ませる。

「……ふ……あ……んっ」

絵麻の口からくぐもった声が漏れた。割れ目を指の腹でこすられ、触れるか触れないかの微妙な刺激に、思わず腰が動きそうになる。

温かいお湯の中を、花芽を探って琉斗の指がゆるゆると撫で回す。そうして辿りついた尖りを指先で嬲られ、絵麻は甘い悲鳴を上げた。

琉斗はそれをキスで呑み込んで、尖りに触れたまま、長い指で蜜口をなぞった。直後、お湯ではない潤いの溢れるその奥に潜り込む。

「あぁっ、んっ……」

琉斗の指は絵麻の中を自在に動いて、感じる箇所を刺激する。琉斗の指が動くたびに快感の波が押し寄せる。

「や……そこ……ダメッ」

「ほんとにダメ？」

「だ……って……気持ちよすぎて……声が、出ちゃう……」

いいところを執拗にこすられて耐えきれなくなり、絵麻は体をピンと張り詰めさせる。

「ふ、あ……ん、むぅー……っ」

絵麻の嬌声を琉斗はキスで呑み込んだ。

「あ……はぁ……」

快感の嵐が過ぎ去り、絵麻は琉斗にぐったりともたれかかった。

「このままここでするのはマズイだろうな。声が抑えられないだろ」

琉斗は笑みを含んだ声で言って、力の抜けたままの絵麻を横向きに抱き上げた。そうして絵麻の体をバスタオルでくるんで室内に戻る。

窓際のベッドに寝かされ、琉斗に覆い被さられて、絵麻はとろりとした目で彼を見上げた。

「ベッド……濡らしたら真梨香さんに怒られちゃう……」

「きっと朝になっても戻ってこないよ」

言うなり琉斗は絵麻の脚を持ち上げて、彼の腰に絡ませた。そうしてすっかり濡れそぼった秘裂に欲望の塊を押し当てる。その硬い感触に、さっき達したばかりの絵麻の体は、熱く疼いて期待する。

「琉斗くん……」

絵麻は焦れったくてつぶやくが、琉斗は先端をこすりつけるだけだ。

「……お願い」

「どうしてほしい？」

意地悪な声で問われて、絵麻は顔を赤くしながら小声を発する。

「琉斗くんが……欲しい」

琉斗がゆっくりと先端を沈め、絵麻はぶるりと下半身を震わせた。

「あっ、ん、もっと……」

鼻にかかったような声で、琉斗の腕を掴んだ。

「うん？」

琉斗はわざと淫らな水音を立てながら、浅く出入りさせる。それも気持ちいいけれど……それ以上の快感を知る体が疼いて、絵麻は喘ぐようにねだる。

「もっと……奥まで……欲しいの」

羞恥心を超えるほど、彼を求めていた。

琉斗はスッと目を細めたかと思うと、一気に最奥まで貫いた。

「ふ、あぁぁんっ！」

熱くとろけた中を、熱く硬いものに突き上げられ、絵麻は高い悲鳴を上げて背を仰け反らせる。

「ああっ、どうしよ……すごく……いいっ……」

「俺もだ。絵麻の中が熱く締めつけてきて……たまらない」

太く長いもので中を掻き乱され、中襞をこすられ、最奥を抉られるたびに、はしたない音が部屋に響く。

「はぁ……んっ……あぁ……」

腰が砕けそうな快感に、次第に意識が奪われていく。

「あっ……はぁっ……も、ダメェー！」

絵麻は彼の腰に脚をしっかりと巻きつけた。

「俺も、だ」

琉斗が眉を寄せて端正な顔を歪め、二人で一緒に絶頂を迎えた。

最終章

ラグジュアリーホテルの三十三階にあるエグゼクティブスイートからは、濃紺の空の下、まばゆい光を放つ大阪の街が見下ろせる。十一月下旬の今、すでにクリスマスのイルミネーションを始めているデパートやホテルもあり、さまざまな色の明かりが街を彩っていた。

そんな夜景が望めるソファに絵麻は琉斗と並んで座っていた。昼すぎ、琉斗がこのホテルの大会議場で開かれた記者会見に出席しており、そのときの様子が動画で配信されるため、これから彼と一緒に観るのだ。

絵麻はタブレットの動画再生アプリの再生ボタンをタップして、タブレットをガラス製ローテーブルに立てた。すぐに、〝プレミオホールディングス株式会社「ＥＭＭＡ」発売記者会見〟というタイトルの動画が始まる。

大写しにされた舞台の左手で、女性司会者がマイクを握った。

『皆様、大変お待たせいたしました。ただいまより、プレミオホールディングス株式会社、新商品ＥＭＭＡ発売の記者会見を開始いたします。はじめに、プレミオホールディングス株式会社代表取締役社長の城本博彦《ひろひこ》より、ご挨拶いたします』

司会者の言葉が終わり、舞台右手のテーブル席に着いている三人の男性が映し出された。衝立《ついたて》を背にして座っている三人のうち、左端の男性が立ち上がった。今年六十歳になった長身の彼は、琉斗の父である。

『皆様、本日はお忙しい中、お集まりくださいましてありがとうございます。プレミオホールディングス株式会社代表取締役社長の城本博彦でございます。弊社は一九五五年の創業以来、皆様の生活に潤いをもたらす、よりおいしく、より環境に配慮した製品の開発・製造・販売に努めて参りました……』

フラッシュが焚《た》かれる中、博彦の挨拶が続いていく。絵麻は琉斗の父の顔をまじまじと見た。プレミオホールディングスのホームページで写真を見たことはあるが、こうして声を聞くのは初めてである。

（渋いおじ様って感じだ。目元と輪郭が琉斗くんに似てるかなぁ）

そんなことを思いながら見ていると､博彦は挨拶を終えて着席し､また司会者がマイクを握った。

『続きまして、最高戦略責任者兼新規事業責任者の城本琉斗より、新商品についてご説明させていただきます』

真ん中の席に座っていた琉斗にスポットライトが当たった。チャコールグレーのスーツに青系のネクタイをした彼が舞台の中央に進み出る。

「きゃー、琉斗くんだ！　かっこいい！」

絵麻は憧れの俳優でも見つけたかのような声を上げた。絵麻の隣で琉斗本人が苦笑する。

「本物は隣にいるけどね」

「でも、画面越しだといつもと違うように見えるんだもん」

「そうかな？　二度目とはいえ、記者会見で緊張してるからかもしれないな」

「これは緊張してる顔なの？」

絵麻は画面の中の琉斗の顔をじっくりと見た。だが、彼は堂々としていて、とても緊張しているようには思えない。

「このときは、あとで絵麻に観られるんだと思って緊張してたんだ」

「え、そっちの緊張!?」

「そう。知らない人たちの評価より、絵麻の評価の方が気になる」

琉斗が絵麻の肩に手を回して彼女を引き寄せたとき、タブレットの中の琉斗が自己紹介に続いて商品説明を始めた。絵麻が身を乗り出して琉斗の腕の中から抜け出し、琉斗はまたも苦笑する。

『ＥＭＭＡの特徴は、フレッシュでフルーティな果物そのもののおいしさを、カクテルに再現したところです。普段の食事などの日常的なシーンではちょっとしたご褒美感を、これから迎えるクリスマスなどのパーティシーンでは特別感を演出します』

続いて舞台中央のスライドに商品の画像とともに原材料名やアルコール分などが表示された。

それを示しながら、琉斗が説明を続けていく。

最後に商品のラインナップが紹介されたあと、質疑応答の時間になった。舞台の手前の椅子に後ろ姿が映っている記者たちが何人か手を挙げた。そのうちの一人の男性が指名され、立ち上がって名乗った。彼は有名な女性ファッション誌の名前を挙げて、その記者であると自己紹介したあと、質問をする。

『新規事業責任者の城本CSOにお伺いします。EMMAという商品名ですが、女性の名前を思わせます。誰か特別な女性をイメージしたネーミングでしょうか？』

その質問を聞いて、絵麻の心臓がドキンと音を立てた。琉斗はどう答えるのだろうかと画面の中の彼を見つめる。画面の中の琉斗がマイクを取ったとき、隣に座っている琉斗が絵麻の肩に手を回し、耳元に唇を寄せた。

「『大切な女性をイメージしました』」

画面の中の琉斗と耳元で囁く琉斗の声が重なった。

「琉斗くん!?」

絵麻は右手を口元に当てた。

動画ではパシャパシャと何度もフラッシュが焚かれ、琉斗が発言を続けている。

『女性だけでなく男性も、大切な人と過ごす大切な時間に、このカクテルを楽しんでいただきたいと考えています』

記者からの質問はまだ続いていたが、絵麻は深刻な顔で琉斗を見た。

「琉斗くんが私のことを想いながら作ってくれて、すごく嬉しかったよ。だけど、みんなの前であんなことを言うのは……よくないと思う」

「どうして？」

琉斗に問われて、絵麻は視線を落とした。絵麻はこのままずっと、できることなら一生琉斗と一緒にいたいと思っている。そのくらい彼のことが大好きだ。けれど、琉斗がそう思ってくれているとは限らない。

絵麻は膝の上で両手をギュッと握って、おずおずと口を開く。

「だって……もし私たちが……別れたりしたら……琉斗くんが将来結婚する女性の名前がエマじゃなかったら……会社のイメージ、というか琉斗くんのイメージにマイナスになるんじゃないかな……って」

「なんだそんなことか」

琉斗が笑みを含んだ声で言い、絵麻は驚いて顔を上げた。

「『そんなこと』じゃないよ！　琉斗くんは大企業のＣＳＯなんだよ？　この記者会見はインターネット上にずっと残ってて、誰でも見られるんだよ？　琉斗くんの将来の奥さんが絶対嫌がるよ」

琉斗は少し首を傾げて絵麻を見た。

「絵麻は嫌なの？」

「え？」

「俺の将来の奥さんは絵麻しかいないと思ってるんだけど」

「琉斗くん……？」

琉斗は絵麻の両手をそっと握った。

「俺がこれからの人生を一緒に歩みたいと思う女性は、絵麻しかいない」

琉斗は絵麻の手を離してスーツの上着のポケットに手を入れ、黒いベルベッドの小箱を取り出した。彼が蓋を開けると、柔らかな曲線を描くプラチナの指輪が姿を現した。センターには大粒のダイヤモンドが配されていて、両サイドに小ぶりのピンクダイヤモンドが添えられている。頭上のシャンデリアの光を浴びて、指輪はキラキラと夢のような輝きを放った。

「絵麻、愛してる。俺と結婚してほしい」

「……どうしよう……」

絵麻は信じられないくらい嬉しくて、小さく口を開けて琉斗を見た。琉斗は苦笑して言う。

「どうしようって、嫌なのか？」

絵麻はぶんぶんと首を左右に振った。

「嫌なわけないっ。嬉しすぎて信じられないの！　私は琉斗くんとずっと一緒にいたいって思ってたけど、琉斗くんはそんなふうに思ってないかも……って考えてたから……」

「俺は絶対に絵麻を手離すつもりはないよ。絵麻にずっとそばにいてほしいから」

琉斗が決意のこもった口調で言い、絵麻の瞳に嬉し涙が滲んだ。

「ずっと琉斗くんのそばにいたい。私も琉斗くんを愛してる」

「ありがとう。どんなときも絵麻が笑顔でいられるように、絵麻を一生大切にすると約束する」

琉斗はケースから指輪を抜き取り、絵麻の左手を取って薬指にそっとはめた。ひんやりとしたその重みが、彼の気持ちの揺るぎなさを伝えてくれているようで、絵麻は胸がいっぱいになる。

「これからも一緒に、今までよりももっと幸せになろう」

琉斗が絵麻を抱き寄せ、絵麻は彼の胸に頬を預けた。

「うん」

「絵麻がいてくれたら、幸せになれる予感しかしないけどな」

琉斗が笑みを含んだ声で言った。

「私もだよ」

二人で顔を見合わせれば、引かれ合うように唇が重なる。絵麻は、触れ合った温もりが幸せの予感となって全身に広がっていくのを感じた。

あとがき

初めましての方も、お久しぶりの方も、こんにちは。このたびは『FAKE　イケメン御曹司には別の顔がありました』をお読みくださいまして、ありがとうございました！

ルネッタブックスさんは、昨年十月に創刊された〝オトナの恋がしたくなる〟レーベルです（言わずと知れた、ですね）。今回、創刊一周年の節目のときに、拙作を出させていただくことになり、とても嬉しく思っています。この一年間、ほかの作家さんの作品を読んでは、さまざまなイケメンに愛され、奪われ、求められ……ちょっとお疲れ気味の日常に、たっぷりのトキメキと潤いをもらいました。

さてさて、本作ですが、ヒロインの絵麻は高校生のときの出来事がトラウマになっていて、自分に自信が持てません。仕事で憧れの女性社長に認められたいとがんばるものの、なかなかうまく行きません。そんなときにバーで出会ったイケメン・バーテンダーに、思いあまってとんでもないお願いをしたことから、止まっていた恋の時間が動き出す……というお話です。

ヒーローに背中を押してもらい、少しずつ成長していく絵麻。そんな絵麻に、今度こそはと思うがゆえに、ぐいぐい行きたいけれど行けない彼。二人に焦れつつ、障害を乗り越えて幸せになろうとする恋の物語をお楽しみいただけましたなら、とても嬉しいです。

本作のイラストは、藤浪まり様が描いてくださいました。過去の秘めた想いに押されて、絵麻に迫る琉斗があまりに大人っぽくてセクシーで……もうずっと見ていたい！　なんなら絵麻に代わってほしい（いや、それではすべてが台無しになる（笑））。

私の変な妄想は置いといて（すみません）、大人な雰囲気が超絶すてきなイラストを、ぜひご堪能ください。

最後になりましたが、本作の出版にあたってご尽力いただきましたすべての方々に、心よりお礼を申し上げます。

そして本作をお手に取ってくださった読者の皆様、本当にありがとうございます。読んでくださる皆様の存在が、作品を書く一番のエネルギーです。

最後までお付き合いくださいまして、本当にありがとうございました。またいつかお目にかかれますように！

ひらび久美

ルネッタブックス

Fake

イケメン御曹司には別の顔がありました

2021年10月25日　第１刷発行　定価はカバーに表示してあります

著　者　ひらび久美　©KUMI HIRABI 2021
発行人　鈴木幸辰
発行所　株式会社ハーパーコリンズ・ジャパン
東京都千代田区大手町 1-5-1
03-6269-2883（営業部）
0570-008091　（読者サービス係）

印刷・製本　中央精版印刷株式会社

ISBN978-4-596-01624-9